은혜로운 인생길

은혜로운 인생길

1판 1쇄 발행	2023년 11월 27일
지은이	김정연
발행인	이선우
펴낸곳	도서출판 선우미디어
	등록 ㅣ 1997. 8. 7 제305-2014-000020
	02643 서울시 동대문구 장한로 12길 40, 101동 203호
	☎ 2272-3351, 3352 팩스: 2272-5540
	sunwoome@hanmail.net
	Printed in Korea ⓒ 2023. 김정연

값 13,000원

※ 이 책은 ⚘ 충청북도 충청북도, 🎨 충북문화재단 충북문화재단 예술창작활동 지원사업 지원금으로
　　발간되었습니다.
※ 잘못된 책은 바꿔 드립니다.
※ 저자와 협의하여 인지 생략합니다.

ISBN 978-89-5658-746-2 03810

은혜로운 인생길

김정연 수필집

선우미디어

책머리에

어떻게 살아야 잘 사는 것일까
먼 인생길을 걸어왔는데 남은 길이 얼마나 될까
남은 길을 생각해서 무얼 해
온 길도 잠깐이었는데 남은 길도 잠깐이겠지

잠깐 살고 가는 인생 따질 게 뭐 있어
하고 싶은 일 있으면 하고
먹고 싶은 음식 있으면 먹고
만나고 싶은 사람 있으면 만나고
신세 진 사람 있으면
감사한 마음 전하고 갚아야지

배움에 목말라 만학을 했으니 다행이라 여기고
가족과 화목하고 건강하게 살고 있으니
복된 삶이라 여기고

아는 사람들과 불협화음 없이 지내고 있으니
어찌 감사하지 아니한가

길가의 잡초도 약으로 쓰려 한다면
약초 아닌 것이 없다 하듯이
알고 있는 한 분 한 분 소중하지 않은
인연 어디 있을까.

한 줄의 언어에다라도 고마운 마음 담아 전하는 것이 도리 아니
겠는가. 실력도 없이 이름만 드러내려는 것 같았다. 그렇다고 이번
에 엮은 글이 실력이 있어 쓴 글이 아니다.

좀 더 공부하고자 하는 뜻에서 또 한 번 모험을 한 것이다.

모험할 수 있도록 배려해 주신 충북문화재단에 감사드리며 문학
의 길로 이끌어주신 감사한 인연, 인생길에 함께 해주신 고마운 인
연, 바른길을 가도록 지도해 주신 은혜로운 인연, 모든 분께 고마
운 마음을 전하고 싶습니다.

그리고 표지 그림을 그려 준 아내와 가족 민정, 용완 남매, 고모
님께 고마움을 전하며 이 책이 출판되기까지 여러모로 배려해 주
신 선우미디어 이선우 대표님께 깊이 감사를 드립니다.

2023년 겨울로 가는 길목에
김정연(석연)

책머리에 ——— 4

1 수박 한 통의 행복

자네, 어제가 무슨 날인지 아는가? ——— 10

아버지 ——— 15

은혜로운 인생길 ——— 20

이름값 하라 ——— 25

사군자 ——— 30

수박 한 통의 행복 ——— 35

하필이면 ——— 40

잘 잡아요 ——— 44

2 핑크뮬리

개부심 _____ 50

핑크뮬리 _____ 55

여수 밤바다 _____ 59

고치고 좀 다니지 _____ 64

낙엽 _____ 68

채석강 노을 _____ 73

알고 모름의 차이 _____ 78

왜 키우셨어요? _____ 84

허수아비 인생 _____ 94

3 지나고 보니

지나고 보니 _____ 100

꿀잠 _____ 104

뿌린 대로 거둔다 _____ 109

안개 1 _____ 116

안개 2 _____ 120

텔레파시 _____ 125

4 기적일까, 은혜일까

발품을 팔아라 _____ 132

기적일까, 은혜일까 _____ 137

염황이제 _____ 158

새로운 길을 가다 보면 _____ 168

번개 나들이 _____ 174

봉사(奉仕)의 의미 _____ 181

마애여래 삼존상 _____ 195

5 케렌시아

모나게 살지 말라 _____ 200

피켓 속 인연 _____ 206

친구 _____ 211

취중에 진담 _____ 216

꼬라지 내다 _____ 223

케렌시아 _____ 228

하고 싶은 대로 하세요 _____ 234

1

수박 한 통의
행복

자네, 어제가 무슨 날인지 아는가?

한 조각 뭉게구름이 푸른 하늘에 떠 있다. 텅 빈 공간에 떠 있는 구름은 바라만 보아도 아름답다. 좋은 것은 왜 오래 가지 못할까? 구름이 미풍에 실려 흔적도 없이 자취를 감추었다. 세월의 흔적이 저 구름과 같지는 않을까.

어머니께서도 먼 길을 떠나시며 저 구름과 같이 흔적을 남기고 싶지 않아서일까? 위급하다는 연락을 받고 출발해 가는데 손이 파르르 떨렸다. 먹먹한 정신으로 어머니가 머물고 계시는 효도의 집으로 달리는데 도착하기도 전에 원장님께서 운명하셨다는 전화를 다시 주셨다.

전화를 받고 효도의 집에 도착한 시간은 불과 30분도 채 걸리지 않았다.

원장님께서 어머니 손을 잡아보란다. 가슴도 떨리고 손도 떨렸다. 떨리는 손으로 어머니 손을 잡았을 때 온기가 그대로 느껴졌다. 열반하셨다는 생각이 들지 않았다.

어제까지만 해도 건강하셨는데 왜?

얼마나 급하셨기에 30분도 못 참으셨을까?

얼마나 바쁘셨기에 한 말씀도 없이 떠나셨을까?

얼마나 먼 길인 줄 아시면서 운명도 지키지 못하는 불효를 하게 하셨을까?

착잡한 심정은 모든 신경을 곤두서게 했다. 함께 공유할 수 없는 영혼이기에 할 수 있는 일이 아무것도 없었다. 어머니 손을 잡고 얼마나 시간이 흘렀을까? 손이 차가워지는 것을 느끼면서 열반을 받아들여야 했다.

원장님 말씀이 점심 잘 들고 목욕하고 주무시는 줄 알았단다. 그런데 이상한 예감이 들어 살피려는데 이미 숨이 멎고 계셨단다. 이렇게 편안하게 운명하시는 모습은 처음이었단다. 옆에 계신 노인분들도 보시면서 놀라기도 하고 부러워했다는 말씀에, 그 순간은 그 말의 의미를 제대로 알아듣지 못했다. 무슨 경황으로 그 말이 귀에 들어오겠나. 후에 다시 듣고 알게 된 것이다.

생각해 보면 지난주 흰 고무신을 사다 달라고 해서 아내가 잊지 않고 어제 사 왔는데 신어보시고 딱 맞는다며 편안하다 하신 말씀이 마지막 말씀이 된 것 같았다. 스스로 가실 날을 알고 계셨음이다. 그러나 아둔한 우리 부부는 그 말을 듣고 앞으로 얼마간은 걱정 안 해도 될 것 같다며 집으로 왔는데 너무나 뜻밖이었다.

어머니께서 떠나신 날은 정신적으로 경황이 없었다. 준비 없이 맞이한 상(喪)이었기에 많이 당황 했었다. 어찌할 바를 모르는 상황에서 호타원 이명선 원장님께서 상(喪) 당했을 때 장례에 대한 절차나 방법 등을 일일이 챙겨 주셔서 너무나 큰 도움이 되었고 하나병원 원장님께서도 앰뷸런스를 보내주는 등 편리를 제공해 주어 우왕좌왕하지 않고 차분하게 장례를 치를 수 있었다.

열반 당일에는 시간에 쫓기면서 장례식 준비하느라 슬픔도 눈물도 모르고 날을 넘겼다. 다음 날 문상 오시는 손님을 맞이하고, 발길이 끊어졌을 때 가족이 어머니 영정 앞에 둘러앉았다. 그때서야 눈가에 눈물이 고이기 시작했다.

가족이라 해야 아내와 남매, 그리고 고모님 한 분이었다. 가족이 단출할 때가 좋은 경우도 있지만 이럴 때는 형제가 많았으면 하는 생각이 들었다. 서로 수고했다며 격려를 하는데, 그 자리에서 고모님께서 물으셨다. "어이! 자네 어제가 무슨 날인지 아는가?" 아무 생각 없이 "어제가 어머니 열반하신 날이지 무슨 날이에요." 그러자 고모님은 한숨을 쉬더니 "아, 이 사람아 어제가 자네 아버지 기일 아닌가."

"예?" 순간 어제도 당황했지만 또 한 번 당황하지 않을 수 없었다. 나도 아내도 다 잊고 있었던 것이다. 견해에 따라 다르겠으나 우연이라 여겼다.

정신을 차려 달력을 보니 음력 2월 15일 아버지 기일이었다. 어찌 이럴 수 있을까. 우연치고는 너무 기이하다 생각되었다. 세상사가 저마다 생각지 못한 우연이 일어날 수 있지만 미묘한 차이는 우연이 아닐 수도 있다는 생각이 뇌리에 가득했다.

아버지 기일을 한 번도 잊은 적이 없는데 어머니께서 몇 년 전부터 제사가 많으니 할아버지 기일인 음력 9월 9일, 중구날을 택해 합동 제사를 모시는 게 어떠냐 하여 그렇게 한 후부터는 제사음식을 준비하지 않아서 깜박했는데 고모님이 기억하신 것이었다.

장례를 다 치르고 정신을 가다듬고 생각해 보니 아버지 기일과 겹치는 것은 우연이 아닐 수 있다는 견해에 설득력이 더해졌다. 어머니께서 사후에 자녀들 불편 끼치지 않겠다는 기도의 위력이지 싶었다. 바라보는 시각 따라 다르겠으나 그 기도의 위력은 곳곳에서 나타났다. 월요일을 택하신 것도, 장례를 마치고 장의차를 상사원까지 가게 한 것도, 삼우제 때 가장 존경하는 법사님을 오시게 한 것 등, 모두 하나하나가 쉽지 않은 일의 연속이다. 부탁한다고 될 일도 아니었다.

사안 따라 각각 다 설명할 수는 없지만, 주변에서 누구 하나 신경 쓰지 않았기에 순리로 이루어진 것 같았으나 우연이라 하기에는, 너무나 일치되는 것이 많았다. 모두가 같은 생각이 아닐 수 있으나 자식으로서는 어머니께서 지극정성으로 올린 기도의 위력이 나타나 스스로 원하는 바를 이루게 했다고 가늠할 수밖에 없었다.

어머니 떠나신 지 6년이 지났건만 아직도 그날이 생생하다. 지내 놓고 보니 어려웠던 과거가 한순간도 멈추지 않고 밤낮을 흘러 지금 이 순간을 맞고 있음을 알 것 같았다. 나이가 들고 보니 일생을 홀로 사신 그 모습이 왜 그리운 것일까? 더구나 요즈음 문득문득 떠오르는 그리움으로 눈물을 훔치는데 여물지 못한 감성 탓인 듯싶기도 하고, 잡다한 좁은 소견으로 과거 시간에 얽매인 것이 아닌가 싶기도 하다.

젊어서 어머니의 가슴을 아리게 했던 기억들이 눈물이 되어 흐르는 것 같았다. 할 수만 있다면 시간을 뒤로 돌리고 싶은 부질없는 감정들이 잡초가 자라듯 쑥쑥 올라오는데 탓한들 무엇하리.

못났지. 무지 못났어! 왜 그렇게 탓만 하고 이해하려는 마음을 가져 보지 못했을까? 그래서는 안 되는 일들이 많았는데 망각이라는 무기는 그 일들을 가물가물 잊어지게 하니 편리한 대로 작용하나 보다. 어찌 망각뿐이겠는가.

인생길이란 막힘없이 흘러가야 하거늘 세상이 호락호락하지 않아 세월의 틈새에서 부대끼며 비틀거리기도 하고, 때로는 휘청거리기며 막막할 때도 있었을 것이다.

때로는 괴로워 많은 눈물도 흘리셨을 것이다. 그렇게 세월이 흘러 내 나이 고희가 되었을 때 어머니는 한 많은 일생을 마감하고 아버지 곁으로 가셨다. 그것도 아버지 기일을 택해서 말이다.

아버지

　봄바람이 살며시 지나갔건만 아침 햇살을 받은 양지바른 곳이나, 아침이슬이 촉촉이 내린 땅 밑은 분주하다. 흙 속에서 잉태하고 있는 뭇 생명이 어찌 알고 반응을 할까. 때를 같이해 농부들이 뿌린 씨들도 무거운 흙을 밀치고 고개를 내미는 모습이 '줄탁동시(啐啄同時)' 병아리가 껍질을 깨고 나오는 모습과 무엇이 다르랴. 기지개를 켜며 고개를 내미는 가냘픈 새 생명들, 부드러운 속살을 내보이며 올라오는 모습은 볼수록 앙증맞고 곱살스럽다.

　한 생명의 탄생은 인간도 다르지 않을 것이다. 열 달의 고통을 참아내며 탄생한 새 생명을 어찌 초목과 비할 수 있을까만, 얼마나 예쁘고 귀엽고 애틋했으면 사랑으로 표현했을까. 보호 본능적인 사랑, 순수하고 무조건인 사랑, 아낌없이 주고 주어도 끝이 없는 사랑, 헌신적이며 희생적인 사랑 등등, 그 사랑을 사람들은 모성애라고 지칭한 듯했다. 그 모성애 옆에는 반드시 아버지의 자리가 있다.

　아버지의 자리는 사랑만 있는 것이 아니다. 아버지는 예절과 도덕을 가르치는 훈장처럼 엄격하기도 하다. 정밀한 기계를 다루는 장인처럼 자상하다. 성난 사자처럼 무서울 때도 있고, 때로는 목화 솜처럼 부드럽다. 또한 유유히 흐르는 물줄기처럼 올바르게 살도록 길잡이가 되어준다. 한 가정의 울타리로써 가솔들을 포근하게 감싸주고, 기꺼이 듬직한 디딤돌이 되는 희생을 감수한다.

아버지의 자리는 지위가 높고 낮음에 관계가 없다. 부유함과 가난함에도 무관하다. 누가 대신할 수 있는 자리도 아니다. 자녀들을 가르치기 위해, 가정의 안일을 위해, 가족의 행복을 지키기 위해 어떠한 어려움도 감내하는 자리이다. 즐거움과 기쁨도 함께하는 자리이다.

그 자리가 비었다.

왜?

내가 태어나고 한 달쯤 되었을 때 세상을 뜨셨으니, 그 자리는 그때부터 비었다.

그렇다. 아버지는 내가 1월에 태어나고 2월에 열반에 드셨으니 뭘 알았겠나. 아버지란 세 글자를 불러도 보지 못했으며 그 자리가 있다는 것도 몰랐다. 외로움이나 슬픔도 존재하지 않았다. 한눈팔지 않고, 어디에도 얽매이지 않고 살 수밖에 없었다. 학교를 들어가기 전까지 어린 시절은 무딘 감정으로 눈물 흘릴 일도 없었고, 큰소리도 한 번 낼 수 없는 그림자처럼 살았다.

지금 같으면 충분히 나을 수 있는 병이었지만 시대를 잘못 타고나 제대로 치료도 받아보지 못한 채 떠나셨다는 말을 들었을 때 자신도 모르게 눈시울이 붉어졌다.

　가족들에게는 청천벽력이었을 것이다. 마른하늘에 날벼락도 유
분수지 상상도 못 했던 변고가 아니던가. 예상치 못한 일이었기에
그 슬픔은 말로 다 표현할 수가 없었을 것이다. 특히 핏덩이를 어
머니에게 남기고 떠나셔야 하는 아버지, 차마 어찌 눈을 감으셨을
까. 또한 영영 돌아오지 못할 열반의 길을 지켜보는 어머니의 슬
픔, 고통은 짐작조차 할 수 없었을 것이다.

　많은 세월이 흘러 이미 지나가 버린 과거지만 한 생애를 통해 비
워버린 공간을 그냥 덮어버리기에는 내겐 그 한이 깊었다. 그 한을
어찌 필설로 다할 수 있으랴. 남이 대신 살아줄 수 없는 인생인 것
을. 소중한 것이 무엇인가를 챙기며 양심 버리지 않고 부지런하게
살려고 노력했다. 모르고 살아온 세월을 보상받겠다는 것은 아니
지만 과거가 없으면 현재도 미래도 없다. 지금 내가 있는 것은 그
태어남이 있었기에 존재하는 것이 아닌가.

　중학교 때 어렴풋이 머릿속에 새겨진 아버지에 관한 기억이 있
다. 분명하지 않고 흐릿한 의식이지만, 제사를 모시고 음복하면서
할머니께서 보여 주신 빛바랜 사진이었다. 사진 속에서 처음으로
아버지를 보았다. 한참을 멍하니 바라보았다. 닮은 것도 같고 그렇
지 않은 것도 같았다. '아버지'라는 말에 실감이 나지 않았지만 가
슴에 품고 잠이 들었다.

　그날 밤 꿈속에서 보았다. 미소 지으며 다가오셨는데 선명하지
는 않았으나 분명 사진 속의 모습 그대로였다. 손을 꼭 쥐여주시는

것 같았다. 그리고 '학교에 잘 다녀야 한다. 몸도 아프지 말고 튼튼해야 한다. 애들과 싸우지 말고 착하게 잘 자라야지.' 하셨던 것 같았다. 그리고 꼭 안아주셨다. 아마도 상상 속의 허상이었으나 지우고 싶지 않은 잔영이었다. 그때 처음으로 입안에서 맴돌았지만 '아버지!' 하고 마음속으로 불러 보면서 주르르 흐르는 눈물이 따뜻했다. 그 후 다시는 꿈속에 나타나지 않았고 그날의 기억마저도 잊혀졌다.

차례(茶禮)를 지내거나 기고가 있을 때, 지방을 쓰면서도 아버지의 그리움이나 애틋함은 전혀 없었다. 그러니 보고 싶다는 생각도 없었다. 하나의 의식행사려니 하고 지나온 세월이다.

그런데 나이 들어 결혼하고 세월이 흘러 딸이 태어났다. 딸이 태어나니 생각이 달라지기 시작했다. 그래서 부모님들은 항상 하시는 말씀이 너희들도 자식 낳아 키워봐야 어미 맘을 안다고 하였나 보다. 그리고 아들이 태어났을 때는 모든 것을 다 얻은 것같이 더 기뻤다. 그러나 아버지라는 자리가 얼마나 소중한 자리인지 그때는 몰랐다.

앞으로 힘차게 나갈 수 있도록
용기와 희망을 심어 줄 수 있도록
자력을 세워 스스로 해결할 수 있도록
지혜의 힘을 길러 당당할 수 있도록
어려움을 이겨내 우뚝 설 수 있도록

불의와 마주쳤을 때 물러서지 않도록

바른길로 이끌어 실수를 하지 않도록

실수하였을 때 감싸주는 자리가 아버지의 자리라는 것을….

그뿐이겠는가.

아버지!

참으로 불러 보고 싶은 단어다.

아버지가 없이는 부를 수 없는 이름이지만 빛바랜 사진은 지금도 앨범 속에서 항상 기다리고 계신다.

은혜로운 인생길

내가 신앙생활을 시작하려고 원불교 강남교당에 첫발을 내디뎠을 때다. 생각보다 큰 법당에 들어서니 모든 것이 낯설었다. 제일 뒷좌석에 자리를 잡았다. 드문드문 빈 좌석이 있었지만 계속 자리가 메워지고 있었다. 사람이 많아도 침묵의 그림자가 어려 고요했다. 조용하고 엄숙한 분위기에 익숙하지 않은 나로서는 주위를 살필 수밖에 없었다. 그러나 누구도 나의 존재를 인식하지 않은 듯 법회가 시작되기만을 기다리는 것 같았다.

침묵의 세계는 인연이라는 말을 떠올리게 했다. 세상사 옷깃만 스쳐도 인연이라는데 종교도 다르지 않을까? 모든 만남은 만나고 싶다 해서 만나지는 것이 아니라는데 과연 그럴까? 그렇다면 원불교와도 인연이 있어서 여기에 앉아있는 것일까?

호기심은 상상력을 동원하고 있는데 법회가 시작되었다. 처음 접하는 것이니 생소할 수밖에 없었다. 이윽고 설법이 시작되었다. 온화하면서도 부드러운 말씀이 정곡을 찌르는 듯했다.

"내가 상대에게 잘해야 상대가 나에게 잘하지, 내가 상대에게 잘 못하는데 상대가 나에게 잘하겠는가?"

첫 설법을 듣고 지금까지 내 잔영 속에 남아 지워지지 않은 법문이다. "천릿길도 한 걸음부터"라 했는데 나의 종교 생활은 그렇게 시작되었고 그 신앙 길을 가면서 나의 인생길도 달라지기 시작했다.

인생길을 가는데 부부가 신앙을 같이한다는 것은 서로를 존중하고 소중하게 여기며 영혼의 세계를 함께 공유할 수 있는 뿌리가 될 수 있음이다.

원불교 강남교당을 처음 나가 박청수 교무님의 설법을 듣고 집으로 돌아오면서 아내에게 꼭 나 들으라 하시는 말씀 같다고 하니 아내는 아내대로 자신을 들으라고 하는 말씀 같았다 하여 큰 울림이 되었다. 그 울림이 계기가 되어 설법을 듣기 위해 한 번만 더, 한 번 더 하고 나가면서 자연스럽게 이어졌고, 지금까지 원불교 교도로서 공부하고 있으니 참으로 은혜로운 시간이었다.

원불교의 인연은 어머니로부터 시작되었다. 믿을 수 없지만 어머니의 천일기도가 끝나는 날, 내가 원불교에 나갔다는 말을 훗날 존경하는 이선조 교무님께 들었다. 말을 들으면서도 긴가, 민가 했으나 화두로 남겨 두었다.

그렇게 가족이 같은 신앙을 하는데 유일하게 원불교와 무관한 분이 할머니셨다. 할머니는 나의 인생길에 정서적으로 인성적으로 반듯한 성품을 갖도록 살펴주셨다.

할머니의 인생은 농부로서 땅을 일구며 가문을 지키기 위해 남자 역할까지 도맡아 하신 여장부의 삶이었다. 그렇게 고향에서 잘 살고 계셨는데 구순이 넘어가자 연로해 언제 어떻게 될 줄 모른다는 이유를 내세워 서울로 모셔 왔다. 그때는 그것이 효라고 생각했으나 그 효심은 옳은 처사가 아니었다. 평생 땅을 일구며 사셨는데 서울에 와서 아는 사람이 있을까, 아는 곳이 있을까, 가고 싶다고 갈 수가 있을까, 단독주택이라 하지만 그 안에 갇혀 있는 것이나 다름없었으니 얼마나 답답했을까. 고향에서야 하고 싶은 일 마음대로 하고, 만나고 싶은 사람 마음대로 만나고, 가고 싶은 곳 있으면 마음대로 가고, 누구 하나 간섭할 사람이 없었다. 먹는 것 또한 텃밭에 푸성귀가 다 반찬이니, 어쩌다 입맛이 없다고 하면 손부가 약간의 소고기를 사다가 육회를 만들어 드리면 소주 한 병에 맛있게 드셨다지만 건강을 위해서는 비할 바가 되겠는가.

자유로울 수 없는 곳에서 모시는 것이 효가 아니라는 것을 알았어야 했는데 미처 살피지 못했음이다. 후에 깨달은 것이지만 고향에서 모셔 오지 않았으면 공기 좋은 곳에서 흙을 벗 삼고 마을 친지들과 함께 훨씬 수(壽)하셨을 것이란 참뜻을 뒤늦게 자각할 수 있었다.

그래도 그 시간이 유일하게 한 가족이 동행할 수 있는 시간이었기에 위안을 삼을 수 있었다. 다만 4대 여섯 식구가 한 집에 살다 보니 이런저런 일들이 일어나는 것은 다반사였다. 같이 살다 보니 할머니와 어머니 고부 사이가 껄끄럽거나 불편하지는 않더라도 어던지 모르게 조그만 응어리들이 눈에 띌 때도 있었다. 그때마다 아내가 세 고부 사이를 화목하게 만들었다. 겉으로야 편치 않은 속내를 드러내지 않고 받들었겠지만, 그 심정을 어찌 다 알 수 있겠는가.

어머니의 칠순 때이다. 만덕산에서 훈련을 하고 계셨는데 아내가 약간의 음식을 준비하여 훈련받는 곳에 가서 식사를 대접하고 오자고 했다. 쉽지 않은 일임에도 수고를 자처하고 나서니 나로서야 고마운 마음뿐이었다. 그로 인해 여러 사람에게 많은 칭찬을 받았다.

아내는 말한다. 밖에 외출했을 때 만나는 지인이나 친구들에게 어떻게 시할머니, 시어머니를 모시고 사느냐는 격려나 찬사를 들었을 때, 잘 모시고 잘 못 모시고를 떠나 모시고 있는 것만으로도 효부란 칭찬을 듣는단다. 누구나 들을 수 없는 칭찬이기에 기쁨은 배가 된단다. 어찌 어려운 일이 없었을까만 일을 당하면 머뭇거리지 않고 행하는 아내가 가슴을 뭉클하게도 하고, 든든하기도 해 나의 인생길에 은혜로운 존재로 동행하고 있음이다.

고모님은 명절이나 집안 대소사에 빠지지 않으시며 양념 같은 분으로서 생존해 존경을 받고 있다. 아내는 고모와의 관계도 나보다 더 돈독하다. 전화 주고받는 것을 들으면 서로 존경하고 존중해 주는 것을 피부로 느낄 수 있다. 그럴 때면 고모와의 어린 시절이 떠오른다. 고모가 시집가기 전 일이다. 텃밭에 심어진 단수수가 몸살을 앓았다. 기회다 싶으면 하나씩 베어다가 마디마디 부러트려

껍질을 벗겨내고 속살을 씹으면 그야말로 꿀맛이었다. 그 맛은 인공으로 만든 설탕과 비교할 수 없는 기품이 서린 추억 속의 맛이었다. 떠올리기만 해도 싱싱하고 풋풋한 지난날이다.

어느 날인가 단수수의 껍질을 벗길 때 조심해서 벗겨야 함에도 무심코 벗기다가 손가락을 베었다. 살짝 베인 것인데 피가 나니 참지 못하고 엄살을 부려 우는 바람에 애매한 고모가 꾸중을 들었다는 후일담에 뒤늦게 미안한 마음이 들어 미소를 지은 적도 있었다. 지난 모든 순간순간이 돌이켜보면 모두가 은혜로운 시간들이었는데 인지하지 못했을 뿐이다. 젊었을 때 인지했더라면 좀 더 은혜로운 인생길이 되었을 텐데 하는 마음에 눈시울을 붉힐 때가 종종 있었다.

이러한 은혜로운 인생길도 흔치 않을 것이다.

이름값 하라

이름이 곧 나다.

이름은 나라는 존재를 대신하며 남 앞에 드러낼 수 있는 유일한 수단이다. 나라는 존재를 드러내려면 스스로를 알아야 한다. 스스로를 알지 못하는데 누가 인정해 주겠는가. 자신이 서 있는 자리에서, 지금 하고 싶은 일은 무엇인가. 그에 따라 이루고 싶은 일이 있다면 자신이 감당할 수 있는 능력은, 앞으로 추구하고자 하는 계획은? 이름이 분담해야 할 창조적 가치를 물음표 상자 속에 넣어 보자.

"이름값 하라, 이름에 먹칠하지 마라." 어찌해야 이름값하고, 어떻게 처신해야 이름에 먹칠하지 않을까? 훈타원 박성연 교감님 설법을 떠 올려 본다.

법문을 들었을 때 많은 사고(思考)를 했다. 들을 때는 다 교훈이 되어 뇌리에 남아있을 것 같았는데 그렇지 않았다.

일상생활을 하면서 설법대로 살면 좋으련만 그리 안 되는 것이 삶이지 싶다. 더구나 이름값 하라는 주문은 법대로 살라는 것인데 그게 쉬운 일이던가.

교감님께서 이름을 뜻하는 명(名)자는 저녁석(夕)자에 입구(口)를 합성한 것으로 캄캄함 밤에 아무것도 보이지 않으니 소리 내어 부르기 위한 수단이라 하셨다. 그러기에 이름은 간편해 부르기 쉽고, 듣기에 편하고, 쉽게 기억할 수 있어야 좋은 이름이라고 강조하셨다.

아무리 좋은 이름이라 하더라도 내 것이어야 하는데 너무 커서 부담이 되면 안 된다. 옷이 몸에 맞아야 하듯이 이름도 자신에게 맞아야 한다. 이름이란 부르는 대로 되어지기에 이름을 지을 때 잘 지어야 한다는 말씀과 함께 예화를 들어 주셨다.

어느 부모가 쌍둥이 자녀 이름을 지어달라고 오셨단다.

어떤 이름을 원하느냐고 물으니 세상을 지혜롭게 살 수 있도록 지어 달라며 비용을 가져오셨는데 꽤 큰 액수였단다. 생각 끝에 부담도 되고, 그 뜻을 물리칠 수도 없어 법 높으신 분에게 부탁했다는 말씀 속에 이름에 대한 중요성을 새롭게 인식하는 계기가 되었었다.

이름이 좋으면 이름값을 다 잘 할 수 있을까? 아니다. 영향이 아주 없다고는 할 수 없으나 그보다는 어떠한 삶을 사느냐가 더 중요하다고 본다. 즉 남에게 부도덕한 행동으로 해를 끼치고, 스스로 부끄러운 행위를 하면서 잘 되기를 바란다면 그야말로 이름값에 먹칠하는 것이 아니고 무엇이겠는가.

누구나 좋은 이름을 갖고 싶을 것이다. 그러나 태어나 스스로 이름을 지은 사람은 없다. 누군가가 지어 준 것이다. 누군가는 부모가 될 수도 있고, 친인척이 될 수도 있고, 성명학이나 작명을 하는 사람일 수도 있다. 아주 드물게는 법력이 높으신 분도 계실 것이다.

이름은 업을 담는 그릇이라고 하셨다. 그 그릇에 얼마나 좋은 선업을 담고 있느냐, 얼마나 나쁜 악업을 담고 있느냐에 따라 이름값에 대한 가치 기준도 달라진다는 것이다. 사람에 따라 다르겠으나 타고 난 사주팔자도 선천 운은 바꿀 수 없으나 후천 운은 바꿀 수 있다고 하셨다. 그런데 바로 이름이 그 역할을 할 수 있다는 것이다. 그러니 이름이 얼마나 중요한가. 이름을 지을 때 신중을 기해야 한다는 뜻을 은연중 일러 주심이다.

교감님께서는 이름에는 다 바람이 있다. 태어나 자기 자신을 나타내고 평생 대신하며 부르고, 듣고, 사용하는 것이 이름일진대, 내 이름 속에 무슨 바람이 있는가. 과연 내 이름 속에는 어떤 서원이 있는가. 원하고 기대하는 바가 무엇이며 나는 내 이름을 어떻게 가꾸어 왔는가? 한 번 각자 생각하는 시간을 가져 보라 하셨다.

태어나 몇 년이나 살까? 아무도 모른다. 그러나 죽으면 그 이름이 후세의 역사 속에 영원히 남을 수 있다면 이름값을 하는 것이 아닐까?

지나간 세월을 반추해 본들 득 되는 것이 없을 테지만 내 이름에 대해 생각해 보면 교감님 설법에 설득력이 있었다. 설법을 좀 젊어

서 들었더라면 하는 진한 여운이 한평생 의지하고 살았던 내 이름에 대해 회의를 느끼게 했다

이름에 대한 트라우마가 있었다. 어릴 때는 전혀 몰랐으나 철이 들고 나서 석연이라는 단어가 좋게 쓰이지 않는다는 것을 알았다. 그것은 신문이나 방송에서 애매한 판정을 한다거나 불투명한 결정을 해 미심쩍은 경우에 석연치 않다는 표현으로 많이 인용되었다. 그럴 때면 누가 뭐라지 않은데도 괜스레 비정상적인 심적 변화를 일으켰다. 그리고 왜 내 이름을 이렇게 지었을까? 의문을 품게 되었다.

그리고 세월이 흘러 궁금한 의문을 해소시키려고 알만한 분에게 물은 적이 있었는데 대답이 묘연했다. 이름에 관계하는 분들은 이미 세상을 떠난 것이다. 다만 어르신들에게 전해진 바는 집안의 돌림자가 '현'자이기에 이름이 석현이었는데 주민등록에 석연으로 바뀌었다는 것이다.

운명이었을까, 인연이었을까는 접어두고라도 이름을 바꿔야겠다고 생각했었다. 그러나 세월은 그 시간을 허용하지 않았다. 인생의 쓴맛 단맛 다 본 후에 시간적 여유가 되어 바꾸려 했을 때는 너무 멀리 와 있었다.

물론 이름이 다가 아닐 것이다. 이름보다는 어떠한 서원을 갖고 누구를 만나 무엇을 배우고, 어떠한 행동을 하며 사는 가가 더 중요하지, 싶다.

옹졸한 마음 버리고, 너그럽게 상대를 이해하며, 항상 긍정의 힘

으로 양심을 잃지 않고 떳떳하게 처신할 수 있다면 이름에 먹칠하지는 않을 것이다. 특히 자신이 갖고 있는 능력을 갈고닦아 성공의 디딤돌로 활용할 수 있다면 이름값 하며 행복의 미래를 꿈꿀 수 있지 않을까?

운명을 팔자라고도 하며, 선천 운은 타고 나 바꿀 수 없지만 후천 운은 노력으로 바꿀 수 있다고 하지 않은가. 그 팔자를 바꾸는 데 작명도 중요하지만, 그보다 잘 웃으라는 사람도 있고, 타고난 재능을 을 잘 사용하라는 사람도 있고, 많이 베풀어 덕을 쌓으라는 사람도 있다. 아마도 그러한 삶을 산다면 팔자도 고치고 이름값 하며 사는 삶이 되지 않을까 가늠해 본다. 더구나 '정연'이란 법명이 있지 않은가. 그 법명으로 앞으로의 삶을 잘 가꾸어보자.

사군자

백로가 지나니 새벽공기가 달라졌다. 공기는 하루아침에 달라지는 것을 느꼈지만 어두워진 명암(明暗)은 언제 이렇게 어두워졌을까? 하기야 여름에는 새벽 5시만 되어도 밝았지만, 백로가 지난 지금은 7시가 되어도 어둑어둑하다. 어두운 베란다에 나오니 화초들의 모습도 잘 보이지 않았다. 동이 트기 전 가장 어둡다는 말이 있는데 무뎌진 감각은 그러려니 한 것이다.

매일 새벽 4시 30분 똑같은 시간에 일어난다. 오랜 시간 이어져 오고 있으나 아직도 스스로 일어나지 못하고 알람에 의지해 잠을 깨운다. 알람 소리는 거부할 수 없는 약속이며 눈을 뜨라는 명령어다. 눈을 뜬다는 것은 살아 있음이다. 살아 있음에 감사하며 세면을 한다.

세면하고 기도하기 전 베란다에 나와 화초들과 눈인사를 한다. 특히 여름 내내 베란다를 아름답게 장식해준 호접란과 마주치면 기분이 좋아진다. 좋은 기분을 들게 하는 것이 호접란뿐일까? 사람도 좋은 사람 만나면 마음이 편안하고 믿음이 가 서로 호의적으로 대하는 것을 보면 란과 다르지 않지, 싶다.

베란다로 나오면 의자에 앉아 잠시 사색도 하고 밖을 보며 맑은 공기를 호흡한다. 밖은 큰 도로가 있어 차가 많이 다니고 있지만, 도로와 아파트 사이게 조경한 수목이 크게 자라 녹음이 우거졌다. 덕분에 보는 것도 시원스럽지만 새벽 공기가 맑아 숨통이 탁 트이는 것 같아 하루도 거르지 않는다.

여명의 빛이 서서히 밝아지면서 화초들이 눈에 들어온다.

화초를 볼 때마다 신기하다는 생각이 든다. 호접란 3본은 봄에 꽃대를 내밀기 시작하면 꽃 몽우리 맺고 꽃이 피기까지 한 달은 더 걸리는 것 같았다. 또한 꽃이 피기 시작해 마지막 몽우리 꽃잎이 다 필 때까지도 족히 두 달 이상 아름다움을 유지하며 보는 즐거움을 느끼게 한다. 그렇게 더디 자라는 것을 보면서 언뜻 떠오르는 것은, 서두르지 말라는, 조급한 마음으로는 먼 길을 갈 수 없다는 인생의 가르침을 간접적으로 배우는 것 같았다.

오랜 시간 끝에 아름다운 꽃을 피우면 여름 내내 베란다를 화사하게 수놓아 주니 자연의 신비를 느끼게 한다. 보는 것만으로도 향기가 전해지는 것 같았다. 지금은 꽃잎을 다 떨구고 아주 작은 꽃송이 하나만이 명맥을 유지하며 귀여움을 독차지하고 있다. 인생의 마지막 삶을 대변하는 것 같아 애잔하기도 하지만 말이다.

호접란이 아름다움을 뽐내는 사이사이 동양란도 꽃을 피운다. 동양란은 또 다른 멋이 있다. 꽃이 피었다 지는 기간도 짧고, 화사함은 호접란만 좀 못하지만, 기품이나 향기는 호접란이 따라올 수 없다. 특히 향기를 내뿜을 때는 베란다에 향수를 뿌려놓은 것같아 나보다 아내가 더 좋아한다. 색다른 희열을 느끼기에 부족함이 없다.

그러한 동양란의 자태를 아내는 화선지에 담았다. 처음 시작할 때의 열정은 참으로 대단했다. 공을 들이고 있는 모습에서 난 향기가 풍기는 것 같았다.

먹 하나로 난 향을 느끼게 하는 것이 하루아침에 되는 일인가. 짧게는 몇 달, 길게는 몇 년 이상을 두고 공을 들여야 한다. 공들임에 끝이 없는 것이 예(藝)의 경지가 아닌가 싶다.

어느 땐가 난을 치는데 잠깐 볼 일이 있어 인기척을 했는데 얼마나 집중해서 몰입했는지 전혀 반응이 없었다. 집중할 때는 무아지경이 되는 것 같았다. 그럴 때면 아! 하고 물러난다. 그리고 작업이 끝난 뒤에 물으면 전혀 몰랐단다. 몰랐다는데 할 말이 뭐 있겠나. 그 후부터는 아예 방해하지 않았다.

사람이 살아가면서 자기가 하는 일에 저리 집중해서 한다면 성공하지 못 할 일이 없을 것 같았다. 인생사가 뭐 있겠나? 자기 하는 일에 흥미를 갖고 정성 다해 공을 들이면 시일에 차이는 있을지 언정 이루어진다는 법문도 있지 않은가.

먹으로 난향을 피우더니 국화도 담았다. 재능이 있어서일까? 국화꽃을 피우는 시간은 그리 오래 걸리지 않았다. 지금 벽에는 난이 물러가고 국화꽃이 걸려 있다. 그리고 이번에는 사군자에 으뜸이라는 매화꽃을 피우고 있다.

매화 하면 설중매가 생각난다. 눈 속에 핀 꽃이라, 흰 눈과 붉은 매화꽃의 조화는 측량하기 어려운 고혹적인 아름다움을 느끼기에 충분하다. 혹독한 환경 속에서 신비스럽게 피워낸 아름다움의 극치를 연상케 한다. 그러기에 옛 성현들께서도 어떠한 어려움에도 굴하지 않고, 꿋꿋한 기개를 상징하는 선비의 꽃으로 바라보지 않았나 싶다.

그러한 매화꽃을 부채에 담겠다는 것이다. 미국에 살고 있는 딸에게 주기 위해서란다. 서실 방학 동안에 목표한 숫자만큼의 부채에 매화를 그리겠다는 당찬 계획을 세운 것이다. 그러나 가능할까? 다소 의구심이 일긴 했지만 하겠다면 하는 사람이기에 지켜보았다.

살아가면서 자기와의 약속을 지키는 사람이 얼마나 있을까? 인간사가 바쁘게 살다 보면 지키지 못할 나름의 이유도 얼마든지 있다. 자기의 마음이야 누가 보지 않으니 지키지 않아도 탓할 사람이 없는 것을. 그런데 방학 마지막 날 계획한 부채에 매화꽃을 다 피우고 뿌듯해하는 것을 보았다. 끝내고 하는 말이 약속은 지키라고 있는 것인데 자신과 스스로 한 약속이기에 더 어길 수 없었단다. 매화 향기 같은 마음이 아닌가 싶었다. 힘들이지 않고 어찌 좋은 결과를 기대할 수 있었겠는가.

다음은 물을 것도 없이 매·란·국·죽에서 마지막 대나무겠지. 벌써 5년째다. 5년째라 하지만 코로나 때문에 건너뛴 시공간을 생각하면 수준의 차이는 있을지언정 많은 진보를 한 셈이다.

주민자치센터에서 주민들을 위해 개설한 프로그램.

사군자교실 담당 선생님의 가르침이 먹 하나로 화선지에 향기를 품게 한 것이다. 참으로 좋은 나라다.

아내가 꽃을 가까이해서일까? 스스로를 가꾸는 것도 그렇고, 주변에 마음 쓰는 것을 보더라도 모두 꽃을 닮아가는 것 같다. 특히 법당 꽃꽂이를 자주 하는데 예쁘게 잘 꽂았다고 할 때는 그 향 내음이 느껴질 때가 있다. 물론 직접 나는 향기는 아닐지라도 표정에서 그 향기를 읽을 수 있음이다.

매화는 봄이 오는 것을 제일 먼저 알려주는 꽃으로 꽃말은 우아한 아름다움, 고상한 매력, 고결한 마음, 기품, 결백, 절제, 인내 등 좋은 뜻은 다 품고 있다.

다음 차례가 사군자의 마지막인 대나무인데 어떤 모습으로 다가올지 기다려진다.

수박 한 통의 행복

한 달에 한 번 정도 집에 들르는 아들이 온다고 전화를 했다. 매달 보는 얼굴이지만 항상 기다려진다. 차가 도착할 즈음 아파트 베란다에서 아래를 내려다보면서 '미국에 사는 딸이 작년에 다녀갔는데 언제 또 오려나? 보고 싶은 건 매한가지지만 그래도 아들이 가깝게 있으니 자주 보네.'라는 마음도 일었다. 이런저런 생각이 들고나는데 아들의 차가 들어오는 게 보였다.

나이를 먹었음일까? 저 차만 보아도 반갑다. 매번 부모를 위하는 마음에 들고 오는 꾸러미가 많아 보여서 조금이라도 힘을 덜어주려고 주차장으로 내려갔다.

예상한 대로 아들의 한 손에는 무게를 가늠키 어려운 큰 수박 한 통과 다른 한 손에는 여러 개의 물건이 겹쳐 들고 있어 버겁게 생각되었다. 그래서 수박을 받으려 하자 수박은 무거우니 가벼운 것을 받으란다. 무엇인지 모를 물건을 받았는데 말대로 가벼웠다. 행복은 큰 데 있지 않았다. 이렇게 함께 하는 것만으로도 누릴 수 있는 작은 행복이 존재하는 것이다.

방으로 들어온 아들이 "안 내려오셨으면 고생할 뻔했네." 독백처럼 하는 말에 울컥할 일도 아닌데 뭉클하는 마음이 솟았다. 그게 정이라는 것인가, 그러면 고맙다고 할 것이지. 커다란 수박을 보며 "누가 먹자고 이렇게 큰 것을 사 왔니?" 하고 부정적인 물음을 던졌다. 두 식구가 먹기에는 크다는 의미였는데 수박을 산 경위를 짧게 말하더니 "그냥 놔두고 드세요." 하는 한 마디는 효에 대한 모든 것을 대변하는 것 같았다.

아내가 아들 편에 서서 "먹다 모자란 것보다 좋다며 잘했다."라고 맞장구를 쳤다. 냉장고의 성능을 믿는 것일까? 아니면 오래 보관해 두고 먹을 수 있는 비법을 아는 것일까? 염려하는 마음은 아랑곳않고 수박을 먹기 좋게 깍두기 모양으로 가르더니 여러 개의 플라스틱 통에 분산하여 담는 손놀림이 예사롭지 않았다.

수박을 자르면서 나누려는 마음이 있었음일까. 아들을 향해 한 통 가져가라 이른다. 분수 밖의 욕심을 부리지 않는 아들은 아니란다. 부모 생각하여 가지고 온 것이니 넘보지 않겠다는 태도다.

자식 이기는 부모 없다는데 자식을 이기려는 것일까? 와서 보고 결정하란다. 가지고 갈 것인가 말 것인가 판단을 아들에게 넘겼다. 타협의 메시지였다. 어찌 거역하겠는가. 자의 반 타의 반, 마지못해 가서 통에 담아 놓은 수박을 보더니 "아니 이렇게 많아!" 실물을 본 아들은 마음을 바꿨다. 가져가지 않겠다더니 수박의 양이 너무 많다고 느꼈음일까, 슬그머니 한 통 가져가겠단다. 아내의 판정승이었다.

모자의 모습에서 지난날 수박에 얽힌 기억들이 선명하게 다가왔다.

어느 가정에 며느리가 수박을 사다 냉장고에 넣으면서 시어머니께 목마르실 때 아버님과 함께 드시라고 효심을 발휘했다. 그런데 며느리의 뜻대로 되지 않았다. 지극히 일상적인 일이 일어났다. 더운 여름날 밖에서 놀다 들어온 손자들이 물을 마시려고 냉장고를 열었다가 수박을 보았다. 그들이 그냥 넘어가겠는가. 숨넘어갈 듯 "할머니! 할머니!"하고 찾았다. 할머니가 오시니 냉장고 안의 수박을 가리키며 달라는 손자들의 요구를 어찌 거절할 수 있으랴. 사랑은 내리사랑이라 했다. 그렇게 수박은 손자들의 몫이 되어버렸다.

이번에는 할아버지가 며느리가 준비해 놓은 수박을 가져오란다.

어찌할꼬! 차마 할머니는 할아버지께 손자들이 다 먹었다고 말할 수 없었다. 사실대로 말한다 해서 잘했다고 했으면 했지, 탓하지는 않겠지만 실망하는 남편의 얼굴을 볼 수가 없었단다. 아무리 몸이 불편해도 사다 드려야겠다는 생각으로 가게를 가서 사려고 하니 들고 가기에 버거울 정도로 크더란다. 그래도 어찌하랴. 하나를 사서 낑낑거리며 들고 가는데 아직은 살만한 세상이던가. 바쁜 길을 가던 이웃이 걸음을 멈추고 할머니를 도와드리는 미담까지 그 수박이 담당했다. 수박 한 통이 행복의 감정지수를 높였음이다.

아련한 기억이 또 있다. 끝물 수박이다. 어린 시절에는 수박이 귀했다. 지금과 같은 비닐하우스는 구경하지도 못했을 때이고, 밭에는 곡식을 심어야 했기에 수박을 심는 것은 언감생심 생각도 못할 때이다. 수박을 재배하는 농부도 많지 않았으며 부지런한 사람이 대부분 야산에 구덩이를 파고 수박을 키웠으니 귀한 대접을 받을 수밖에 없었다.

그때 수확을 끝낸 주인이 원두막에서 철수하면 그곳은 온통 어린이들 차지가 되었다. 그때쯤 풀이 무성하게 자라 풀밭인지 수박밭인지 분간키 어려웠다. 그러니 어린이들은 보물찾기하듯 긴 막대기를 하나씩 들고 수박 줄기 따라 끝물에 맺힌 주먹만 한 수박 찾기에 여념이 없었다. 대부분 익지 않아 먹을 수가 없었지만 어쩌다 작아도 붉게 익은 수박을 건질 때도 있었다. 주먹으로 쪼개 한 조각 입에 넣으면 어찌나 달콤하고 맛이 있던지, 그 기쁨은 이루 말할 수 없었다. 아주 드물게는 주인의 눈을 피해 풀 속에 숨어있던 커다란 수박이라도 만나면 보물을 얻은 듯 탄성이 터져 나왔다. 그때는 그 순간이 행복인 줄 몰랐다.

그런데 좋은 일만 있었던 건 아니었다. 어느 날 풀섶을 젖히며 수박을 찾는데 뱀이 갑자기 나타나 줄행랑을 쳤다. 너무 무서워서 소름이 끼치고 더위마저 잊었다. 내가 지금까지도 뱀을 무서워하는 계기가 되었다. 그렇듯 겁을 먹었음에도 그 달달한 맛을 떨치지 못해 풀이 무성한 풀밭에서 수박을 찾아 헤매곤 했었다. 그 그리운 시절을 어이 잊을 수 있겠는가.

지금 내 앞에 놓여 있는 수박, 그 시절의 수박을 떠올린다면 몇

배의 행복감을 느껴야 하는데 현실은 그렇지 않다. 특히 핵가족 시대에 1인 가구가 늘어남으로써 큰 수박은 한 번에 다 먹을 수 없으므로 오래 보관하는 것이 문제이고, 또 위생도 무시할 수 없어 인기가 줄어들고 있다고 한다. 그러한 현실에 신종상품인 애플수박이 출시되어 언론에 주목을 받으며 인기를 끌고 있다. 그 시절 끝물 수박과 견주어 격세지감을 느끼지 않을 수 없다.

아들이 사 온 수박을 입에 넣는 순간 달콤함에 회심의 미소가 번졌다. 며칠을 두고 먹더라도 문제 될 게 없을 것 같다. 수박 한 통으로 이만한 행복을 누릴 수 있음이 얼마나 큰 은혜인가.

하필이면

우리는 시간과 돈, 정신을 평상시 어디에 어떻게 사용하는가. 이 셋을 주목해 보면 내가 잘살고 있는지를 알 수 있다고 한다. 그런데 잘살고 있더라도 의외의 경우를 당하면 '하필이면'이라는 말을 종종 하게 된다.

밥을 먹다 돌이 씹히면 하필이면 내 밥에, 식당에서 나올 때 신발이 바뀌거나 분실되면 하필이면 내 신발이 등등 아마도 한 번쯤은 경험하고 무의식중에 갈등의 늪에서 감정이 이입되어 속상한 나머지 튀어나오는 말이지 싶다. 좋은 일보다 궂은일에 많이 인용되지만 당하는 입장에서는 난감하다.

세월이 흘렀지만 어느 날인가, 출근할 때이다. 출근 시간 차량 행렬은 아무래도 평상시보다는 많고 속도도 조금은 느리다. 그러나 그날은 평소와 별반 다르지 않았다. 정상적인 속도를 유지하며 잘 흐르고 있었다. 차선 따라 앞차와의 간격을 유지하며 정신 바짝 차리고 운전하는데 꽝! 하는 소리에 급브레이크를 잡았다. 앞 차와 부딪친 줄 알았는데 앞 차는 멀어지고 있었다.

너무나 놀랐다.

무엇이지?

차 문을 열고 내리려고 하는데 뒤에서 밀려오는 차들이 빵빵 경고음을 울리며 차를 치우란다. 조금만 참아주면 좋으련만 그만한 아량도 없단 말인가. 하기야 앞에서 무슨 일이 일어난 줄 모르는 그들을 탓해 무엇하리. 차에서 내리려다 말고 비상등을 켜고 조심조심 차를 갓길로 세웠다. 인적이 없는 도로에는 출근하는 차들만이 아무 일도 없었다는 듯 줄을 이어 속력을 내고 있었다.

차에서 내려 살피는데 앞 범퍼가 약간 깨져 있고 피가 묻어 있었다. 피를 보니 섬뜩했다. 뭐지? 눈에 보이는 것이 없어 찜찜한 기분을 속으로 삭이며 부근을 살피는데 마음이 착잡했었다. 조금 가다 보니 횡단보도 중앙에 무엇인가 있어 가까이 가서 자세히 보니 크지는 않지만, 새끼 고라니 같아 보였다. 너무나 순간적으로 일어난 일이라 어떤 상황으로 와서 부딪쳤는지 가늠하기 어려웠다.

'하필이면 왜 내 차에 부딪혔니?' 가슴이 저미고 다리에 힘이 빠졌다. 여러 생각이 교차해 서성이는데 인근 주민인 듯 머리가 희끗한 어르신이 다가오면서 그냥 가란다. 요즈음 짐승들이 많아져 먹이가 부족한지 마을로 내려오다가 자주 사고를 일으키는데 다른 사고가 아니면 다행이라 여기고 어이 가라며 떠미는 것이었다. 그래서 발길을 돌리는데 영 개운치 않았다. 다만 어르신 말대로라면 큰 사고로 이어질 수 있었는데 더 이상 큰 사고로 이어지지 않은 것만으로도 감사할 일이었다.

그러나 마음이 쉽게 진정되지 않았다.

사람이 태어나서 생을 마감할 때까지 호흡하며 살아가는 삶 속에는 전혀 예측하지 못한 의외의 상황을 맞이할 때가 있다. 특히 교통사고는 그렇다. 뜻밖의 불행한 일을 당하고 보면 걷잡을 수 없이 참담해진다.

참담한 일을 당했을 때 어찌 고통스럽지 않겠는가. 그렇더라도 불안해하거나 두려워하기보다는 마음에 중심을 잡고 흔들리지 않아야 한다. 그러나 마음 안에서 일어나는 불안을 마음대로 제어한다는 것은 웬만한 강심장이 아니면 쉽지 않은 일이다. 그래서 당해 보아야 안다지 않은가.

동물이라 해도 마음이 불편했다. 주변에 모든 차를 요리조리 피해 브레이크 밟을 틈도 주지 않고 뛰어들어 마음을 엉망으로 만들어 놓은 고라니가 미웠다. 불가항력이었다고 변명하고 싶지만 좀 더 운전을 조심히 하였더라면 하는 생각을 지울 수가 없다.

세상에 나왔다가 수명 다하지 못하고 떠나는 고라니를 보며 알 수 없는 무거운 중압감이 느껴졌다. 다만 다음 생에 좋은 곳에 좋은 몸으로 태어나길 빌었다.

현대를 살면서 운전하는 사람들이 이러한 일을 겪으면 어떻게 처신하여야 잘했다 할 것인가? 한 번쯤 가는 길을 멈추고 반추해 볼 일이다. 잘 살피지 못한 책임이 따를 수 있으나 불가항력이었다.

동식물의 보호는 생태계 보전을 위한 일로써 자연을 지키는 일이며, 우리가 노력해야 할 일이다. 야생동물의 개체 수가 늘어나니 먹을 것이 부족해서 도로까지 내려와서 자동차에 사고를 당해 생명을 잃기도 하니 안타깝다. 그들의 삶의 터전인 산에서 어인 사연으로 복잡한 도로에까지 내려와 생명도 잃고 사람 마음을 괴롭게 하는가.

왜 내 차에 뛰어들었니
먹이를 찾기 위해
동료들을 찾기 위해
의지할 곳을 찾기 위해
동물이라 하지만 이해가 되지 않는다

너에게도 기다리는 가족이 있을 것이다
그들이 얼마나 기다릴까
영영 그들이 기다리는 곳으로 갈 수 없는 사정을 알까
눈앞에 보이지 않으니 잊고 살 것인가
잊을 수만 있다면 그 편이 편할 것이다
한적한 야산을 놔두고
복잡한 도로에 왜 내려와
하필이면 내 차에 부딪혔니
불쌍한 것
부디 좋은 곳으로 가거라.

잘 잡아요

산을 오르다 보면 가파른 오르막길이나 내리막길을 만날 때가 있다. 오를 때는 힘이 들고 땀도 많이 흐르지만 내려오는 길은 가볍고 편하다. 그런데 산을 잘 아는 사람이 항상 이르는 말이 있다. "산은 오르는 것보다 내려가는 것이 더 위험하니 조심하라." 조언한다.

며칠 전 어느 할머니의 리어카를 잡아주다가 혼쭐을 나고 뒤돌아보면서 '아!' 하는 각성과 성찰의 시간이 되었다. 다 아는 말이라고 전혀 개의치 않고 살았는데 그게 아니었다. 산을 오르고 내리는 속에 스며있는 오묘한 진리가 생활 속에서도 있었다.

사람이 사는 곳이면 어디든지 오르고 내리는 길이 있다. 완만한 곳도 있고 약간은 가파른 곳도 있다. 자연적이든 인위적이든 불과 2~3m에 지나지 않은 경사길이 생각보다 많다. 그러한 길들은 계단을 만들지 않고 휠체어가 다닐 수 있도록 하여 장애인이나 경로사상을 위해 만들어진 곳이다. 허나 정상인은 그 길로 다닐 때 관심 없이 무심코 지나치는 경우가 허다하다.

어느 날인가 약속장소를 갈 때이다. 공원을 지나 큰 도로변으로 나서는 짧은 경사 길과 마주쳤다. 그런데 그곳에 빈 박스 등 폐품을 잔뜩 실은 리어카가 길을 막고 있었다. 그 옆에는 얼른 보아도 고희가 넘으셨을 법한 할머니께서 서성이고 계셨다. 불과 3~4m 정도의 짧은 내리막길이지만 난감해하는 표정이 역력했다. 허리를 바로 펴지 못하는 할머니께서 감당해야 할 무게가 아니지, 싶었다. 보는 것만으로도 안쓰럽고 짠한 마음이 일었다.

그러나 그분 옆으로 살짝 비켜 가려는데 양심이 나를 찔러댔다.

'돕는 것도 다 때가 있는 것이다. 도와야 할 때 돕지 않고 피해간다면 어찌 올바른 행동이라 하겠는가. 넉넉한 마음은 아니더라도 좁은 마음으로 살지 말라.'

순간이었지만 우리에게 소중한 것이 무엇인가를 생각해 보았다. 거창하지는 않더라도 도움이 필요할 때 돕는 것, 남의 어려운 일을 보고 못 본 체 그냥 지나친다는 것은 사람의 도리가 아니지 않은가.

"할머니 여기 내려가려는 거세요?"

지치셨는지 들릴락말락 그렇다며 고개를 끄덕였다. '잡아드릴까요?'라고 하니 반색하셨다.

아주 짧은 순간이지만 할머니의 삶을 반추해 보았다. 무슨 사연이 있기에 연로한 연세에 이 일을 하고 계실까. 이 많은 폐지를 모으려고 얼마나 고생하셨을까. 얼마나 많은 시간을 들여야 저리 많이 모을 수 있었을까? 뇌세포가 미처 끝맺음을 못 했는데, 할머니께서 "고마워요, 고마워요, 리어카 뒤 밧줄을 좀 잡아줄래요."라고 했고 나는 "예! 예!"하면서 밧줄 잡을 준비를 했다.

할머니의 목소리에 조금 전과는 달리 힘이 실렸다.

"잘 잡아요! 미끄러지지 않게 뒤를 잘 잡아야 해요! 꼭 잡아야 해요!"라면서 단단히 잡아야 한다는 말을 몇 번이고 반복해서 강조하며 당부하셨다.

"예! 잡았어요." 밧줄을 꼭 잡고는 이 정도의 힘을 쓰면 충분하다고 여겼다. 그런데 리어카에 실려 있는 무게가 있어서일까. 단단하게 잡았다고 생각했는데 내려가는 속도는 정말 만만치 않았다. 뒤를 잡고 있던 몸이 앞으로 휘청하면서 하마터면 리어카를 놓쳐버릴 뻔했다. 순간 빠져나가려는 밧줄을 온 힘을 다해 잡았다. 내게 어디서 그런 힘이 솟았을까. 나 스스로도 가늠하지 못할 힘이 발휘된 것 같았다. 간신히 버틸 수 있었지만 제정신이 아니었다. 시간적으로 보았을 때 불과 2~3초 정도밖에 걸리지 않았으나 등에서 식은땀이 흐르는 듯했고, 기운이 완전히 소진되어 팔다리가 후들거리고 떨렸다. 조금만 삐끗했으면 몇 초 사이에 참담함을 겪었지 싶었다.

할머니는 알고 계셨던 것 같다. 위험하다는 것을, 그러니 몇 번이고 반복해서 꼭 잡으라 강조했던 것인데 사려가 깊지 못했음이다. 만일 잘못되었더라면 하는 생각에 이르자 소름이 돋았다.

무슨 일을 하더라도 최선을 다하라 했는데 너무 쉽게 생각했음이다. 빠르게 내려가는 속도감을 전혀 예상하지 못하고 하마터면 큰 사고로 이어질 뻔했다.

신중하지 못한 행동으로 큰 화를 자초할 뻔한 상황에 간신히 사고는 면했으나 정신이 몽롱할 정도로 아찔한 경험이다. 만약 그 길이 조금만 더 길었어도 할머니가 무사치 못했을 것 같다.

진정되지 않은 가슴을 쓸어내릴 때 할머니께서 "젊은이 고마워! 여길 내려가려고 한 시간 기다렸어." 할머니께서 고맙다는 말을 하시는데 얼굴이 붉어졌다. 감사 인사받기가 쑥스러워 "예, 예!"하고는 자리를 피했다.

할머니께서 하고 있는 일에서, 작은 언질에서, 몸짓 하나에서 여러 상상을 꽃 피우게 했다. 세월의 강을 건널 만큼 건너셨는데 육체의 괴로움은 아랑곳않고 젊은 사람들도 힘에 겨운 노동을 하고 계시는 데서 근로의 신성함을 엿볼 수 있었으며, 배워야 할 그릇이 너무 크다 느껴졌었다.

내일이 어찌 될 수 없는 하루를 할머니는 심신 동작 모두 알차게 가꾸신 것이다. 역지사지로 살펴본다면 나이 들어 육체적인 고통을 덜고자 한다면 노후 준비는 젊어서 꾸어서라도 하라는 말이 빈말이 아닌 듯했다. 자녀들의 유무는 알 수 없지만, 자녀의 처지에서, 부모에 대한 효를 다시 떠오르게 했다.

왜? 젊은 시절은 모르고 있다가 나이 들어 철이 들고서야 알게 되는 걸까?

좀 더 일찍 부모에 대한 것을 알았더라면, 좀 더 일찍 공부에 대한 것을 알았더라면, 좀 더 일찍 경제에 대한 것을 알았더라면, 아니다 좀 더 일찍 돈에 대해 낭비와 저축에 대한 것을 알아 실천했더라면 노후 준비가 충분했을 텐데 하는 생각이 '잘 잡아야 해' 하는 말속에 스며들었다.

경험이라는 수많은 행위에는 이론으로 잘 알 수 없는 미묘한 차이가 있다. 되돌아본다고 달라질 것은 없으나 반추해 보면 줄을 잘 잡는 것도 능력이지 싶었다. 삶의 줄을 말이다.

원하는 데로 충분하지는 않더라도 필요할 때 서슴없이 쓸 수 있는 줄이 리어카의 줄에 연결되었으면 싶었다.

2

핑크뮬리

개부심

태풍은 집중호우와 폭풍을 동반해 일상생활에 큰 피해를 주면서 우리네 삶을 한순간에 무너트린다. 인적 물적 손실을 안겨주고 간 자리는 참담할 수밖에 없다.

그럴 때마다 하늘을 보며 원망해 보지만 그 탄식은 허공으로 사라질 뿐이다. 더 이상 비를 뿌리지 않기를 바라지만 하늘을 가리고 있는 검은 구름의 속내를 어찌 알겠는가. 많은 비를 뿌릴지, 아니면 겁만 주고 물러날지를 말이다. 하기야 구름 속은 기상관측으로 예측이라도 하지만 절규하며 오열하는 속 타는 사람의 마음을 어찌 측량할 수 있겠는가.

금년에도 예외 없이 태풍은 전국에 큰 피해를 안겨주고 갔다. 언론에 보도되는 피해 주민들의 참상은 슬픔 그 자체였다. 그래도 살아야 하는 것이 인생이지 싶다. 다 지나간다고 했던가. 그렇게 부대끼면서 어려움을 겪고 난 후 잊을 만하니 태풍이 피해를 끼친 이면에 필요악이 되었던 부분이 아이러니하게 눈에 띄었다.

태풍이 온다면 부서지고 붕괴되는 부정적인 면이 많이 강조되고 있으나 모 신문에 기고된 글을 읽다 보니 적도 부근의 과잉에너지에 대한 생소한 언어가 눈길을 머물게 했다.

태풍은 우리에게 피해만을 준다고 생각했었는데 반대 현상으로 생태계에 중요한 역할을 하는 부분이 강조되어 인식을 새롭게 하는 계기가 되었다.

부족한 이해력에 도움이 되는 기고는 해수를 뒤섞어 정화하는 면이라든가, 강풍이 불어 대기오염을 정화 시키는 것이라든가, 육지에 가뭄을 해갈시키고 수자원을 공급해 물 부족 현상을 해소한다든가, 바다 생태계의 산소공급으로 활성화를 시켜 연안 어장의 보호나 적조현상을 억제하는 등 태풍의 역할은 무시할 수 없는 일면이라 여겨졌다. 이치로 헤아려본다면 긍정적인 부분도 간과할 수 없겠다는 마음이 들었다. 세상사는 음양의 조화 속에 운행된다는 섭리를 어렴풋이나마 이해하는 계기가 되었다. 즉 인간의 힘으로는 절대 헤아릴 수 없는 우주 질서는 자연의 힘에 의해 움직이는 것이기에 무엇이든 함부로 예단할 수 없음을 인지할 수 있었다.

눈앞의 이익보다는 좀 멀리 내다보는 관점에서 지구상의 균형을 잃지 않으려는 자연현상, 그럴듯한 논리가 아닌가? 어쩌면 인간의 시련이나 고난도 때가 되면 돌고 돌아 극복할 수 있는 이치가, 자연현상과 같이 존재하는 것이 아닌가 하는 생각이 들기도 했다.

기사를 읽으면서 게릴라성 폭우나 장마 피해 등, 비에 대한 단상이 떠오르는데 개부심이라는 생소한 이름을 가진 비 때문에 지식

부족의 순간을 겪었던 때가 잊히지 않았다. 그래서 비에 대한 면면을 살피다 보니 비가 가지고 있는 이름이 그렇게 많을 줄 미처 몰랐었다.

생소한 비에 이름을 몇 가지만 살펴본다면 잘 알고 있는 비에 대한 이름은 제외하더라도 계절에 따른 건들장마, 억수장마 등, 효자비로 꿀비, 목비, 못비, 약비, 복비 등 감질나게 내리는 먼지잼, 마른비, 잔비, 실비, 여우비 등, 순우리말 비는 안개비, 보슬비, 가랑비, 는개비 외에도 굵게 세차게 내리는 비는 작달비, 달구비, 채찍비 등 순수 우리말이 많았다. 그중에서 개부심은 처음 들었고 평소에도 잘 듣지 못한 이름이었다.

개부심?

처음에 '개과천선하여 부처에 이루는 마음'의 준말일까? 요즈음 사용하는 은어인 줄 알았다. 수준 낮은 추측이고, 엉뚱한 판단이었을지 모르나 비에 대한 이름이라고는 전혀 생각하지 못했다.

사전을 찾아보니 장마에 큰물이 난 뒤, 한동안 쉬었다가 몰아서 한바탕 내려 명개를 부수어내는 비가 '개부심'이라 표기되어 있었다. 명개의 의미를 몰라 다시 사전을 펼치니 '명개'는 갯가나 흙탕물이 지나간 자리에 앉은 검고 부드러운 흙이라 되어 있었다. 한국말도 잘 이해하기 힘들고 어렵다는 생각하게 했다.

물론 모르고 놓치고 사는 말이 개부심뿐이겠는가. 한눈팔지 않았더라도 사전 속에는 모르는 말이 너무 많았다. 빌려온 지식이라도 정확히 안다는 것은 그만큼 의미가 깊다 할 것이다.

바람은 개었지만 밀려드는 파도는 멈추지 않는 것처럼 장마는 지나갔으나 그 물줄기는 많은 진흙이나 부유물들을 갯가로 옮겨와 바위 등에 엉켜 있으면 골칫거리 되기에 십상이다. 인력을 동원해 치우려면 얼마나 많은 공력이 들겠는가. 그런데 비가 내려 그 부유물을 씻어가 준다면 얼마나 고마운 일인가. 그 비의 이름이 개부심이었다니 공부하지 않으면 어찌 알겠는가. 배움은 끝이 없다는 말이 뇌리를 떠나지 않았다. 또한 자연이 교과서요 선생이라는 말을 강조하는 듯했다.

삶 속에서도 나눔은 필요할 때 필요한 곳에 베풀어야 하듯이 개부심도 필요할 때 필요한 곳에 내려야 그 가치가 드러나게 되어 있다. 그러나 현실은 그렇지 않은 경우도 얼마든지 있다.

날이 가물어 저수지가 바닥을 드러내고, 논밭이 갈라지는 것을 본 적이 있다. 날이 가문 뒤에야 비의 고마움을 안다는 속담대로 그럴 때 폭우가 쏟아져 저수지를 채우고 논밭에 해갈을 가져오면 농부들은 하늘을 향해 손뼉 치며 합장을 할 것이다. 그러나 과하여 넘치다 보면 논밭이 쓸려가고, 부실한 집들이 쓰러져가게 된다. 그러한 상황이 얼마 지나지 않았는데 다시 비가 내리면 그 비를 환영할 사람은 없을 것이다. 인간의 이중적인 나약한 마음이 엿보이는 대목이다.

그러니 개부심이 효자비가 되어 환영받을 수도 있을 테지만 자연의 조화를 어찌 인간의 입맛에 맞출 수 있겠는가. 허나 비가 내리지 않으면 뭇 생명이 누릴 수 있는 모든 것을 잃게 된다. 또 비가 내리면서 황사나 미세먼지 등을 씻어내고 청결을 가르치고, 높은 곳에서 낮은 곳으로 흐르며 겸손을 가르치기도 하지만 노랫말 속에도 비가 많이 스며들어 사람들의 심금을 울리기도 한다. 개부심이라는 이름 하나 때문에 비의 존재를 바르게 살펴볼 수 있는 계기가 되었으며, 개부심 속에 내포되어있는 좋은 의미, 즉 남에게 도움 되는 삶을 살 수 있다면 얼마나 은혜로운 삶일까 하는 생각을 가져 보았다.

핑크뮬리

인터넷을 검색하다가 작년에 보았던 핑크뮬리가 눈에 들어왔다. 벌써 1년이 지났나. 아내의 칠순을 기념해 미국에 사는 딸이 귀국해 고희 기념으로 어딘가 가자 해서 나는 해저터널을 추천했고 아내는 여수 밤바다를 꼽았다. 그러나 사전에 아들과 딸이 계획하고 온 곳이 있었는데 그곳이 해저터널과 가까운 곳에 위치한 청산수목원이었다. 그래서 그곳을 먼저 다녀오기로 하고 길을 떠났던 때가 엊그제처럼 스쳤다.

작년 이맘때, 한로 하루 전날 청주에서 보령해저터널을 향해 출발했다. 아들이 차를 가져와 단출한 우리 식구 넷은 오랜만에 가을바람을 벗 삼아 길을 나섰다. 함께 가족여행을 아내 회갑 때 제주를 다녀왔으니 이게 얼마 만인가. 10년이다, 10년. 10년이면 강산이 변한다고 하는데….

"이게 내 탓인가, 코로나 탓이지."라는 딸내미 말에 "맞다, 맞아." 맞장구를 쳐준다. 미국에 있는 딸이 코로나로 고국 방문이 어려워져 자연스럽게 상봉의 기회마저 뜻대로 되지 않았다.

황금 들녘을 지나 시원하게 펼쳐진 바다에 이르니 비릿한 내음이 바닷바람에 실려와 반기며 마중을 하는 듯했다. 해저터널 입구가 한눈에 들어왔다. 파도가 일지 않는 잔잔한 물결은 바다 밑을 잘 지나라고 이르는 것 같았다.

보령해저터널은 원산도와 보령 대천을 잇는 터널로 2021년에 개통해 지도를 바꿔 놓았다. 개통한다는 보도를 접하면서 바로 한번 다녀와야겠다고 생각했지만, 그 생각마저 지워지고 있을 때 아들과 딸이 아내의 칠순을 핑계로 기회를 만든 것이다.

입구에 들어서자 물 밑을 지난다는 생각에 조금은 몸이 반응했는데 화려한 조명으로 불안함은 사라지고 신기하기만 했다. 바다 밑으로 도로를 내다니 우리의 기술이 얼마나 좋은가. 세계에서 5번째 긴 터널이라니 자랑스럽다. 그저 육지의 터널을 지나온 것과 다르지 않은 느낌이다. 그래도 해저터널을 지났다는 뿌듯함은 아마도 쉽게 잊히지는 않을 것 같다.

우리가 이어서 들른 곳은 태안 청산수목원이었다. 이곳에서 '핑크뮬리' 고백이라는 꽃말을 지닌 '털쥐꼬리새'를 처음 보았다. 딸이 이곳을 보여 주기 위해 오늘 계획을 세웠다고 고백했다. 감성이 무뎌 꽃처럼 보이지 않았으나 무리 지어 있는 꽃이 매우 아름다웠다. 구경하는 것만으로도 마음의 풍요가 몰려왔다. 살며시 부는 바람에 흔들리는 새털 같은 분홍빛 깃털을 보니 피로마저 풀리는 것 같았다. 딸은 평소 묵묵히 연구하며 흘린 땀의 가치를 차곡차곡 쌓아

휴가를 와 부모에게 효도하는 것으로 보람을 느끼는 것이 아닌가 하는 생각에 기쁜 마음, 짠한 마음이 함께 일었다.

사진을 많이 찍었다. 혼자도 찍고, 둘 셋이도 찍고, 또 다 같이 찍으면서 각자의 핸드폰에 열심히 추억을 담았다. 이 순간순간이 수확하는 농부의 마음처럼 더불어 행복 그 자체였다. 이렇게 세월을 보내면 늙지 않을 것 같았다. 그 외에도 볼거리가 많았다.

팜파스, 서양갈대라 불리는 군락지에 들어서니 내 신장보다 훨씬 커서 사방을 다 가려 푸른 하늘만 동행하는 것 같았다. 꽃말이 '자랑스럽다, 웅대하다'인데 정말 웅장했다.

꽃이 져버린 연 방죽에는 철모르고 피어있는 붉은 수련, 작은 연꽃이 앙증스럽게 반겨주었다. 그 옆으로 쟁반 같은 빅토리아 연잎에서는 청개구리 두 마리가 운동장처럼 뛰어놀고 있었다.

수국도 많이 있는데 시기가 맞지 않아 꽃을 보지 못하는 대신 어릴 때 장독대 가에 피었던 수탉벼슬을 닮은 맨드라미를 보니 옛날이 그리워지기도 했다.

황금 삼나무의 푸름을 감상하며 길을 걷는데 시원한 바람이 함께해 폐에 공기가 정화되는 듯했다.

바람이 묻는다. "좋으냐? 좋지!" 주변은 황금물결로 일렁이고 하늘은 맑으니 이보다 더 좋을 수 있겠는가.

다음으로 찾아간 곳이 청산수목원에서 멀지 않은 신두리 해안사구다. 천연기념물 431호로 관광객들의 많이 찾는 곳이라는데 처음이었다. 생소한 사구에 대해서는 안내문에 의존할 수밖에 없었다.

해안사구란 바람에 실려 온 모래가 해안에 쌓여 만들어진 모래 언덕을 의미하는데 신두리 해안사구는 우리나라에서는 규모가 가장 크며 사막에서나 느낄 수 있는 독특함을 지니고 있다고 했다. 주변에 모래언덕을 비롯한 해당화 군락, 희귀식물, 습지 등이 많다는데 시간이 없어 입구에서 가까운 갈대 군락만 눈요기했다. 아쉬움을 남기고 돌아서는데 발자국을 남기는 모래들이 얼마나 부드러운지 좀 담아오고 싶은 충동이 일기도 했다.

모래 위를 걸으면서 모래 사이사이로 자라는 풀의 생명력도 보고, 달아나는 도마뱀의 재빠른 동작도 보고, 뭇 벌레들이 모래 속으로 숨는 동작도 보고, 바닷바람에 날리는 모래가 얼굴에 부딪히는 경험도 했다. 모든 것이 인생이라는 그릇을 채우는 듯했다.

아! 뭣하고 살았을까? 니 맘 내 맘 알아주며 낮은 울타리 만들지 않고 좀 더 이러한 시간을 만들려고 노력했으면 공감대를 형성할 수 있었을 텐데 하는 것이 부모의 마음일까?

한마음이 되어 함께 웃고 즐기고 기뻐하며 동행할 수 있는 시간이 너무나 빠르게 지나갔으나 추억의 흔적을 남기게 해준 아들, 딸이 고마웠다. 가족의 소중함을 느끼게 하는 참으로 은혜로운 시간이었다.

여수 밤바다

남도의 항구 여수 밤바다를 보려고 청주를 출발했다. 2주 전 해저터널은 내가 가자 해서 청산수목원, 신두리 해안 사구까지 다녀왔다면 이번 여수 밤바다는 아내의 추천으로 먼 길을 나서게 되었다. 거리가 멀어 밤바다를 보려면 1박을 해야 한다는 주장이 설득력이 있었으나 아들은 피곤을 무릅쓰고 당일에 다녀오자 하여 일찍 출발 했다.

출발하며 아들, 딸은 여수 밤바다는 야경을 보러 가는 것이니 바다의 일몰이 스러지기 전까지 순천만 국가정원을 먼저 돌아볼 것이란다. 그곳도 가보고 싶은 곳이었기에 박수로 화답했다.

산자락을 넘고 지나칠 때마다 차창 밖으로 비치는 풍경들은 가을옷으로 갈아입은 나무들이 저마다 색깔을 뽐내고, 간간이 초가집 지붕 위로 늘어진 감나무에 붉게 익은 감이 시각적으로 침샘을 자극해 흐르는 수액이 연잎에 물방울 구르듯 목을 타고 넘어간다. 시각적인 음미를 하다 보니 끌리는 감성에 생동감이 솟아 기쁨이 배가 되었다.

겉으로 표현은 못 했지만, 평소와 달리 마음에 일고 있는 울림은 귀중한 시간을 할애하여 헌신적인 효를 하고 있는 보물 같은 아들, 딸이 미안하기도 하고 고맙기도 해 먼 산을 응시하는 침묵이 길어졌다.

3시간 넘게 달려 도착한 순천만 국가정원에 이르니 입구에 '2023 순천만 국제 정원박람회' 플래카드와 "대한민국 생태수도 일류 순천"이라는 플래카드가 환영하며 어서 오라 이르는 것 같았다.

안내 리플릿을 받아보니 한두 시간에 돌아볼 수 있는 곳이 아니었다. 딱히 볼 곳을 정해 놓은 것이 아니었기에 아들, 딸이 이끄는 데로 발길 닿는 데로 이동하며 눈을 바쁘게 했다.

한국정원보다는 국제정원을 중심으로 이동을 했다. 특히 내가 방문했던 나라들의 정원을 유심히 보았다. 나라 따라 새로운 모습이 그들만의 특성을 내세우려고 신경을 쓴 흔적이 역력했다. 마음에 와닿는 곳도 있고, 왜 이렇게 했을까? 의문이 든 곳도 있고, 어느 곳에서는 관리가 허술해 실망을 안겨준 곳도 있었다. 우리의 인생살이와 다를 바 없다는 생각을 들었다. 사람 또한 됨됨이에 따라 꼭 필요한 사람, 있어도 그만 없어도 그만인 사람, 차라리 없었으면 하는 사람과 비교가 되어 삶을 잘 살아야겠다는 생각이 지워지지 않았다.

공원마다 아름답게 물들어가는 낙엽들이 가을의 정취를 물씬 풍기며, 나무 사이사이 가을꽃들이 각기 다른 색상으로 저마다 고운

자태를 자랑하며 향기를 내품는데 자연의 짙은 향기가 신비로움을 더해 걷는 걸음걸음이 축복이었다.

인간의 심리란 좋은 곳을 보면 더 보고 싶고 추억으로 간직하고 싶어 사진을 한 장이라도 더 찍으려 한다. 더구나 외국을 다니면서 한 번 보았다던가, 영상으로 보아 눈에 익은 곳이 있으면 지체하는 시간이 늘어난다.

중국정원을 돌아볼 때는 중국을 다니면서 보았던 정원과 비교해 조금은 현실감이 떨어졌으나 그래도 풍기는 색상은 그들만의 존재를 부각시키는 듯했고, 미국 정원이나 일본 정원은 보는 것으로 만족했다. 네덜란드 정원에서는 각인된 풍차가 고개를 끄덕이게 했으며, 스페인 정원은 바르셀로나 구엘공원을 재현했다는데 가보지 않았으니 말해 무엇 하랴. 독일, 영국, 프랑스, 이탈리아 정원은 스쳐 지났다. 습지는 가볼 생각도 못 했다.

정원에서 나는 무엇을 찾고 무엇을 얻고자 했을까? 또한 어떠한 추억을 새기고자 소중한 시간을 이리 마음껏 쓰고 있는 것인가?

대부분 생소한 공원이어서 보폭을 줄여가며 기억이라는 그릇에 담고자 했다. 후에 머리에 남는 것이 얼마나 될까 미지수지만 그래도 안목이 조금이라도 넓어지리라 기대하면서 시간을 할애했다.

공원을 돌아보는 내내 어떻게 이러한 공원을 만들려고 기획을 했을까. 신선했다. 충분한 시간을 갖고 걷는다면 일상생활에서 찌들은 스트레스가 힐링 공간으로 많은 사람이 찾을 것 같았다.

맑은 하늘, 시원한 바람, 청량한 공기를 벗 삼아 보고 싶은 곳을 마음껏 볼 수 있다는 자체만으로도 충분한 휴식과 만족을 느낄 수 있었다. 세상을 살아가며 자녀들의 효도로 보지 못했던 곳을 관광한다는 것은 행운이고 축복이지 싶었다.

공원을 나와 순천만 꼬막 집에서 꼬막정식과 짱뚱어탕으로 점심을 했다. 어디에도 얽매이지 않고 홀가분한 마음으로 식사할 수 있는 시간이 행복이었다. 더구나 음식이 입에 맞아 풍만함을 느끼기에 충분했다.

식당을 나와 해상 일몰을 보기 위해 열심히 달려 여수 해안에 도착했으나 일몰의 그림자만 바다에 떠 있는 듯했다. 가시지 않은 붉은 물결이 낯선 이국적 풍경으로 비쳤다. 밤바다는 환영하며 잘 왔노라 이르는 것 같았다.

케이블카를 타고 올라가는데 잔잔한 바닷물에 비치는 휘황찬란한 조명이 밤의 야경을 더 빛나게 했다. 그런데 그림자 위로 화려하게 불을 밝힌 배가 한 대 지나니 아름다운 조명이 다 일그러졌다. 배가 지나가고 물이 다시 잔잔해지니 일그러진 조명이 다시 나타나는데 구겨진 옷을 다리미로 펴는 듯했다.

여수 밤바다를 찾는 여행객들의 패션도 가을 단풍에 힘입어 색의 조화가 밤바다의 조명과 어울려 풍요를 느끼게 했다.

저녁은 예약했던 것 같다. 손님이 많아 예약하지 않았더라면 어찌 되었을까는 상상에 맡길 수밖에 없었다. 메뉴는 문어삼합으로 주문을 했다. 사실 다른 메뉴가 별도로 없었다. 그러니 선택의 여지가 없었다. 음식을 먹는데 매일이 명절 때 떠오르는 오늘만 같아라, 라는 생각이 들었다. 먼 길을 운전해야 할 아들이 걱정되었으나 행복의 웃음은 그치지 않았다.

고치고 좀 다니지

어느 추운 겨울날이다. 이마에 주름살 몇 개씩 늘리느라 세월을 축낸 친구들이 한양으로 오라기에 서울 땅을 밟았다. 오랜만에 만나서 할 말이 많았음일까? 담소로 시작한 이야기들은 수다로 이어졌고 손자도 없는 시골 친구 앉혀놓고 손자 자랑하느라 입에 동력이 달린 듯했다. 서로 순서를 기다리는 듯 손자 자랑은 이어졌다. 그뿐인가 중간중간 먹는 이야기에는 자랑을 넘어 과시하는 것 같았다. 언제부터 잘 먹고, 잘 살았다고? 날을 세우며 뽐내는 친구들의 자랑이 살짝 고깝게 들리기도 했다.

수다라는 것이 원래 쓸데없는 말로 넘겨짚을 수도 있으나 그 속에서도 나름 새겨들어 유익한 지식으로 삼을 수 있으며, 주석에 안주로 시간을 보내는데 효자 역할을 도맡아 하는 경우도 빼놓을 수 없다. 그래서일까. 모두가 시간 흐르는 것을 감지하지 못한 듯했다. 일어날 시간이 되었는데도 일어날 기미가 없다. 분위기를 깨는 것은 아니다 싶었지만, 막차 승차권을 무기로 먼저 일어나겠다고 양해를 구했다. 숙소를 제공할 테니 자고 가라는 고마운 말을 뒤로 하고 자리를 떴다.

막차를 타고 생각해 보니 모두 허튼소리는 아니었지만 별로 알맹이가 여물지 않은 듯했다. 그래도 만나고 싶은 친구들 만났으면 되었지 무얼 더 바라겠나 하고 눈을 감았다.

고속버스에서 내려 시내버스를 타려니 이미 끊긴 지 오래였다. 택시도 기다리는 사람이 너무 많았다. 걸어서 갈 수 있는 거리도 아니기에 많은 사람을 피해 한적한 곳에서 택시를 기다리는데 빈 택시는 오지 않고 시간만 정처 없이 흘렀다. 지금과 같이 콜택시라도 있었으면 좋으련만 그 제도는 한참 후에 생겼다. 추위에 떨다 보니 시간이 지날수록 오만 생각이 머리를 어지럽게 했다.

그때 빈 택시가 눈에 띄었다. 어찌나 반가운지 열린 창문으로 기사가 뭐라고 했는데 그 소리는 듣지 못하고 어디까지 가느냐는 소리만 들려 ○○동까지 간다고 하니 타라 해서 탔던 것이다. 한 치 앞을 모르는 것이 인생사라 했던가. 순간순간이 멈추지 않고 지나간다고 하지만, 그 말이 딱 들어맞는 상황이 되었다.

차가 출발했는데 열린 창문을 닫지 않고 계속 달리고 있었다.

"기사님, 창문을 좀 닫아 주세요."라는 부탁에 나를 한 번 힐끗 쳐다보더니 "아까 말씀드렸잖아요. 창문이 고장 났는데 그래도 타시겠느냐고요. 요금은 받지 않을 테니 지금이라도 내려 드릴까요?" 하는데 완전히 주객이 전도되었다. 아니 이럴 수가? 순간이지만 빨리 가야 한다는 생각에 "아니 아니요!" 하고 말았다.

한마디 하고 싶은 말은 차를 고치고나 다니지 하는 생각이었다. 이렇게 손님을 태우고 돈을 받으려고 하나? 불만 섞인 감정을 추스르지 못하고 속이 부글부글 끓었다.

달리는 차 속은 말 그대로 냉동고였다. 기사인들 춥지 않을까만 그래도 이것은 아니지 싶었다. 그러한 감정을 눈치챘음일까? 이유인 자초지종을 말씀하는데, 차가 고장이 나서 집으로 향하는 길이였단다. 기사님은 내가 서 있는 곳은 택시가 거의 없는 곳이란 것을 잘 알기에 방향이 같으면 태워주려고 세워 방향부터 물었던 것이고, 창문이 고장 나서 닫을 수 없으니 그래도 타겠느냐고 물었는데 내 귀는 듣고 싶은 소리만 듣고 다른 소리는 무시했던 것이다. 이청득심이라 했거늘 그리하지 못했으니 오직 자신과의 싸움에서 이기는 길뿐이었다. 여건을 탓하고, 환경을 탓하고, 분위기를 탓할 일이 아니었다. 그렇게 생각하면서도 한편 마음속으로 많은 탓을 하고 있는 스스로를 발견하고 얄궂다는 생각이 들었다.

달리 생각하면 기사님이 너무 고맙지 않은가. 만약 세워주지 않았다면 더 많은 시간을 떨고 있었을 것이 아닌가. 그리 생각하면 어찌 불평을 할 수 있겠는가.

원인 없는 결과가 없듯이 빨리 가야 한다는 강박관념에 기사님의 말을 잘 못 들은 근원적인 요인을 배제할 수 없었다. 그러니 어쩌겠는가. 참고 가야지. 긍정적인 생각으로 극기 훈련하는 것으로 생각하자. 마음은 그렇지만 상황은 아니었다. 5분도 채 안 된 것 같은데 바람과의 힘겨루기에서 인내의 한계는 차를 세워달라는 쪽으로 기울고 있었다. 그렇다고 차를 세워달라는 말은 입 밖으로 나오지 못했다.

마지막까지 참고 또 참았다. 더 이상 참지 못하고 차를 세워달라는 말이 밖으로 나오려고 하는데 눈에 익은 신호등에서 차가 멈췄다. 차가 멈추니 우선 살 것 같았다. 더구나 저 신호만 건너면 된다고 생각하니 안도의 한숨이 절로 나왔다. 조금 전까지 밖으로 튀어나오려던 말은 자취를 감추었다.

역경은 언제 어느 때 찾아올지 모른다. 그때마다 포기하지 않고 절망하지 않아야 한다. 희망이라는 끈은 누구에게나 있기 때문이다. 그것이 인생이다. 그 정도 인내하지 못하고 어찌 어렵고 험난한 세상을 헤쳐나가겠는가.

삶은 이해득실을 떠나 오늘보다 더 나은 내일을 기대한다. 원하는 뜻을 이루고자 한다면 그에 부응하고 그에 상응하는 상황을 만들려고 노력해야 한다.

그때 떨었던 기억은 종종 참고 참으면 득이 된다는 이치에 고개를 끄덕이게 했다. 전화위복의 기회가 되었던 당시의 경험은 많은 것을 역지사지로 생각하게 되는 계기가 되었다.

낙엽

　서울에 모임이 있어 다녀오는 길이었다. 분기별로 만나는 모임이어서 한두 번 빠지다 보면 1년 다 가도록 한 번도 얼굴을 못 보는 경우도 있다. 자주 만날 수 없는 처지여서 지나간 이야기를 심심찮게 하다 보니 어둠이 내린 줄 몰랐다. 세월을 축내다 보니 할 말들이 많았으나 어둠은 어서 일어나라 재촉했다.

　서로가 잘살아보자. 남들이 말하는 돈 많은 부자는 아니더라도 마음에 여유를 갖고 자주 만나자. 소박한 인사로 아쉬움을 대신하고 헤어지는데 한 친구가 손을 꼭 잡아주면서 "늦은 퇴근 시간하고 맞물려 서울 시내 빠져나가는데 힘들겠다. 조심하라."라는 전송을 받는데 싸 하는 감정이 이입되었다. 고맙다는 인사를 하고 청주를 향해 출발했다.

　라이트 불빛 따라 한강 다리를 건너는데 차의 흐름이 생각과 달리 물의 흐름처럼 좋았다. 흐르는 강물을 뒤로하고 서울 시내를 잘 빠져나와 경부고속도로에 들어섰다. 차들이 경쟁하는 것처럼 속력을 높이기 시작했다. 자랑하지 않아도 될 과속을 과시하듯 무섭게 달리는데 모두가 시간에 쫓기는 차량 같았다. 추월하는 차들을 보면서 "아서라! 천천히 가라. 그러다 사고 날라."라고 혼잣말을 하며 차선을 바로 잡았다.

무슨 급한 일들이 저리 많을까? 많은 차들이 서로 앞서가려고 쌩쌩 달리니 운전에 자신이 있는 사람이라도 신경이 쓰이는 건 사실이다. 자동차 운전은 아무리 나 혼자 안전 운전을 한다 해도 받치면 도리가 없다. 그래서 방심은 금물이었다. 그렇게 정신 차리고 가는데도 옆으로 큰 트럭이 추월하면 차체가 심하게 흔들려 순간적으로 깜짝 놀란다. 신경이 곤두서고 입안에서 불편한 볼멘소리가 맴돌았다.

어둠 속을 긴장하며 달리다 보니 앞차의 브레이크 등이 생명 등(燈) 같다는 생각이 들었다. 앞 차가 브레이크를 밟으면 내가 밟고, 떼면 나도 놓았다. 중간중간에 끼어드는 차에 마음이 상하기도 했으나 차선을 바로잡고 보면 앞차의 브레이크 등은 고마운 빛이었다. 어찌 차뿐이겠는가.

인생 또한 부대끼는 삶 속에서 브레이크 등과 같은 역할을 해주는 스승이나 지자(智者)들이 많다. 지자들이 밝히는, 아니 성인들이 설해놓은 말씀이 빛이다. 빛을 잘 활용하느냐 못하느냐는 자신의 몫이지 싶다. 서로 없어서는 살 수 없는 관계, 일을 잘못 처리할 때 멈추게 하고, 옳은 길로 가도록 인도해 주는 명언들은 분명 빛이다.

여러 생각이 들고 나기를 반복했다. 경계를 늦추지 않고 열심히 달리다 보니 청주를 알리는 표지판이 보이기 시작했다. 표지판 하나가 안도의 숨을 쉬게 했다. 차선을 바꾸어 흐름이 늦춰지자 긴장했던 눈이 여유를 부렸다. 하이패스 불빛 따라 서행하니 정신마저 맑아지는 것 같았다.

게이트를 빠져나와 전국에서 아름다운 길로 선정된 청주 가로수 길로 접어들었다. 냉혹한 추위를 견디고 있는 수은등이 밝게 비추고 있었다. 낙목한천(落木寒天)이라 했던가. 한산한 도로 위엔 플라타너스 잎이 지천으로 구르고 있었다. 지나는 바람에 다투어 떨어지는 낙엽들이 무리 지어 어지럽게 구르고 차가 지날 때마다 너울거리며 춤을 추는 듯했다. 그때 반대 차선에서 공사 차량 몇 대가 과속으로 지나가는데 무법자 같았다. 무법자의 질주는 수북이 쌓였던 낙엽을 일제히 하늘 높이 솟구치게 했다. 낙엽들이 상공에 머물지 못하고 떨어지는 모습이 장관이었다. 영화의 한 장면을 보는 듯했다.

높이 올라간 낙엽들이 바람 따라 서서히 떨어지는 모습이 아름답게 느껴졌다. 높게 오르지 못한 낙엽들은 길 양옆으로 흩어졌다. 흩어지지 못한 낙엽들은 마주 오는 차량들과 부딪치며 또다시 솟구쳐 올랐다가 떨어지기를 반복했다. 바람에 날리는 낙엽은 서로 엉키면서 텅 비어 있는 논두렁으로 곤두박질치기도 했다.

그 순간이었다. 한 무더기의 낙엽이 내 차창 앞 유리를 덮쳤다. 윈도우 브러시를 돌렸으나 워낙 낙엽이 많아 제 역할을 못 했다.

앞이 암흑이 되었다. 겁이 덜컥 났다. 순간 급브레이크를 밟았다. 브레이크의 반동에 의해 낙엽 일부가 떨어져 나갔다. 그나마 쪼끔 앞이 보였다. 숨이 멎을 것 같았다.

조금만 늦게 브레이크를 밟았다면 앞차와 충돌을 피하지 못했을 것 같았다. 앞에 가던 차도 같은 위험에 처했음일까. 브레이크 등 불과 함께 비상등이 선명하게 깜박이고 있었다. 손쓸 겨를 없이 대형 교통사고가 날 뻔한 순간이었다. 온몸에 힘이 빠지고 심리적인 부담이 가중되었다. 마음을 추스르고 고개를 흔들었다. 천우신조, 사고가 나지 않은 것만으로도 감사하고 다행으로 여겼다. 일상 안일의 늪에서 탈출하는 기분이 들었다.

갓길에 차를 세우고 낙엽을 걷어내는 데 윈도우 브러시에 낙엽이 끼어 애를 먹었다. 앞을 보니 앞차도 그 자리에 세워놓고 낙엽을 걷어내고 있었다. 어찌나 놀랐는지 두근거리는 마음이 쉽게 진정되지 않았다. 심장이 내려앉는다는 말을 체험하는 듯했다.

작은 힘이라도 모이면 큰 힘이 된다는 것을 낙엽에게서 배우는 것 같았다. 하나하나의 낙엽은 무슨 힘이 있겠는가. 그러나 무리 지어 덮치니 대응하기조차 힘들었다. 어디 낙엽뿐이겠는가. 가느다란 실도 꼬이고 꼬아 굵어지면 끊을 수 없게 강해지고, 얇은 종이도 합치고 합치면 찢으래야 찢을 수 없게 된다. 사람 또한 다르지 않다. 한 사람의 힘으로 할 수 없으면 여러 사람이 모여 군중심리를 이용해야 하고자 하는 뜻을 관철하지 않던가. 마음도 모이고 모이면 스스로도 짐작하기 어려운 큰 힘이 된다지 않은가. 사소한 것 같지만 사소하지 않은 경험이었다.

　다음날 새벽에 출근하려고 아파트 앞 도로를 걷는데 어제 보았던 낙엽이 또 다른 모습으로 비췄다. 무더기가 아닌 몇 잎씩 여기저기 널려 있었다. 낙엽들은 간밤에 내린 서리로 하얗게 덮여 언뜻보면 예쁜 소품 같았다. 낙엽이라기보다는 다른 이미지를 풍기는데 청소하는 분들이 그들을 쓸어 모으기에 여념이 없었다. 낙엽을모으는 것은 가족들을 위해 시민을 위해 비질을 하는 것이리라. 그러나 쓸어 모으고 모으면 감당키 어려운 무게로 뭉쳐지겠지.

　국력이 저렇게 뭉쳐졌으면 하는 마음이 문득 드는 출근길이다.

채석강 노을

변산반도를 찾았을 때다. 나이 탓일까? 몇 번 다녀갔음에도 낯설게 느껴지는 것은 아마도 눈썰미가 무뎌졌기 때문이리라. 내소사, 직소폭포, 등을 둘러보기 위함이었는데 예정 시간보다 좀 늦게 채석강에 도착했다.

애지중지하는 시간이건만 머물지 않고 흐르면서 계획된 스케줄에 뜻을 거스르고 변화를 거듭한다. 변화할 때 좋은 쪽으로, 더 나은 쪽으로 변화하면 좋으련만 어디 마음같이 되는가. 조금만 한눈팔아도 생각과 반대로 되어지는 게 인간사가 아니던가. 일행의 마음을 모두 충족시킬 수 없을 터, 좀 늦으면 어떠랴 싶었다.

허나 늦었다고 할 때가 빠르다고 했던가. 늦었다고 탓할 일이 아니었다. 빨리 도착했으면 휙 둘러보고 떠났을 텐데 늦었기에 아름다운 낙조와 만나게 되었다. 사람 마음이란 흔들리는 갈대와 같다고 했던가. 조금 전까지 늦다고 불평불만을 안주 삼듯 하던 일행들이 순간 잠잠해졌다. 그때에 누군가가 어차피 늦은 것, 늦은 김에

쉬어간다고 아예 주변을 잠깐 둘러보자고 제안을 했다.

참 모를 일이다, 자연의 힘이란, 어눌했던 분위기가 바닷물에 빠져드는 일몰을 보면서 모두 화기애애해졌다. 거부할 수 없는 힘에 이끌리듯, 누구랄 것도 없이 붉게 퍼지는 수평선을 향해 바닷가를 거닐었다.

변산 8경 중 하나인 채석강은 지질공원으로 지정되어 많은 사람이 찾는 곳이다. 바다에 강이라는 이름이 생소했는데 수많은 책을 켜켜이 쌓아놓은 것이 중국의 채석강과 비슷하다 하여 붙여진 이름이라는 안내판을 보고 이해할 수 있었다. 지질공원답게 볼거리가 많았다. 켜켜이 쌓인 돌이 아니더라도 발아래 펼쳐진 바위들을 자세히 보니 물결을 조각해 놓은 것 같았다. 오랫동안 침식되어 만들어진 모양들이 세월을 거슬러 올라 옛 조각 작품을 보는 듯했었다. 그뿐 아니라 구경할 곳이 의외로 많았는데 일몰은 그러한 시간을 허락하지 않았다.

빠르게 스러져가는 일몰을 보고 있노라니 몇 년 전 섭섭했던 때가 아스라이 다가왔다.

안면도 영목항에서 1박 2일 워크샵을 할 때였다. 일도 일이지만 서해에 아름다운 낙조 3경 중 하나로 꼽히는 일몰, 해넘이를 볼 수 있다는 기대가 컸었다. 그런데 늦게 깔린 옅은 해무가 그 기대를 앗아갔다. 해무 속으로 빨려 들어가는 일몰도 머뭇거리다 절정적 기회를 놓쳤던 서운한 기억이 멀리 아른거렸다. 그때의 섭섭함까지도 다 보상받는 느낌이었다.

사람들은 왜 산과 바다로 일출을 찾고 일몰을 찾는 것일까? 마음만 먹으면 도심에서도 충분히 볼 수 있는 것을. 굳이 돈 들이고 시간 들여 힘들게 다녀오면 남는 것이 무엇일까. 단순한 생각으로는 피곤만 쌓일 것 같았다. 경쟁하듯 좋은 곳을 찾는 목적에 대해 의구심이 들었었다. 기를 쓰고 다녀가도 별반 달라지는 것이 없을 것 같았다. 그런데 그 생각을 싹 바꾸게 하는 자연의 선물이었다.

자연의 선물은 일행 한 사람이 집안일로 다툼이 있었는데 저 일몰을 보니 마음이 풀리는 것 같다고 하고, 또 다른 일행은 몸이 찌뿌둥해서 오지 않으려고 했는데 오기를 잘했다며 핏빛으로 물든 일몰에 눈을 떼지 못했다. 얼굴 붉히며 싫은 내색을 하는 일행이 아무도 없었다.

이러한 관광으로 일상을 탈피해 정신 건강을 찾을 수 있다면 그보다 더 좋은 것은 없을 것 같았다. 정신이 맑아지면 일상으로 돌아가 하는 일들이 잘 될 것이란 생각도 들었다. 지칠 대로 지친 몸이 노을을 보고 나서 치유가 되었다면, 마음의 평안을 찾을 수 있었다면, 그보다 더 좋은 명약이 있겠는가 싶었다.

바닷속으로 빨려 들어가는 해를 보면서 "누가 저 해 잡아둘 수 없어."라고 소리를 치자 옆에서 "맞아! 맞아! 누가 힘 있는 사람이 잡아 봐"하고 합창했다. 잡아둘 수 없다는 것을 뻔히 알면서도 한순간의 마음은 붙들고 싶었음이다. 탄성을 자아내는 감동에서 깊게 느껴지는 마음을 헤아릴 수 있었다.

일몰이 저리 아름다울 수 있을까. 노을을 보면서 우주의 신비를 보는 듯 벅찬 감정이 솟구쳤다. 바라보는 것만으로 뿌듯했다. 마음이 편해졌다. 사회생활에서 머리를 아프게 했던 스트레스가 해소되는 듯도 했다. 사람들이 왜 일출이나 일몰을 찾고 자연을 찾는가를 일행들은 이구동성으로 찬탄했다.

스러져가는 불길이 바다와 일직선을 이루며 힘겨루기를 하는 듯 거대한 화기(火氣)가 주변을 붉게 물들이는가 싶더니 이내 삼켜버렸다. 바닷속으로 빨려 들어가는 해를 보고 있노라니 삶을 살면서 누군들 어려운 일이 없을까만, 애가 타는 근심덩어리가 있다면 저 불기둥 속으로 같이 함몰시켰으면 싶었다.

참으로 장관이었다. 화려하고 황홀한 풍경은 영혼을 흔들어 놓기에 충분했다. 가슴속에서 감탄사가 저절로 터져 나왔다. 오래도록 간직하고 싶었다. 저대로 멈추었으면 하는 마음이었다. 그러나 노을은 멈추지 않았다. 아니 멈출 수 없었다. 눈 호강만 시킬 수 없어 사진에라도 담을까 주저주저 망설이며 몇 컷 담지도 못했는데 이내 자취를 감춰버렸다.

바다가 삼켜버린 자리가 금세 어둠으로 밀려왔다. 아쉽다는 마음에 빛을 잃어가는 바다를 응시하고 있을 때, 인생 또한 황혼길에 서면 저리 되지 싶었다. 세월의 무게를 감당하기 어려울 때 영혼은 쉴 수 있는 곳을 찾아 떠나려 할 것이다. 그때 내 생의 육신은 떠나려는 영혼을 보내지 않으려고 안간힘을 쓸 것이다. 그 영혼을 인간의 힘으로 붙들어 둘 수 없다는 것을 잘 알면서도 불타는 욕망은 착각 속에 헤맨다. 불길이 스러지니 바닷바람이 빨리 떠나라 이르는 것 같았다. 아름다웠던 낙조 대신 전깃불들이 주변을 환하게 비치고 있었다.

　무엇을 얻고자 함인가.

　심신을 회복하기 위해서, 아니면 스트레스를 해소하기 위해서, 아니면 내면의 마음을 다스리기 위해서, 그래서 어눌했던 가슴에 무엇인가 채워졌다면, 갑갑했던 마음이 개운해졌다면, 무뎌진 행동에 활력이 넘치는 삶이 될 것이다.

알고 모름의 차이

　알고 모름의 차이는 백지 한 장이 될 수도 있고, 영원히 만날 수 없는 평행선이 될 수도 있다. 백지 한 장의 차이가 되느냐, 영원히 만날 수 없는 평행선이 되느냐는 스스로 선택하고 스스로 실천해야 할 자신의 몫이다. 다만 알고 실천하면 백지 한 장 차이가 될 것이고, 실천하지 못하는 경우라면 모름과 다름없어 영원히 만날 수 없는 평행선이 될 것이다. 얼마나 아느냐가 중요한 것이 아니고 아는 것을 얼마나 실천할 수 있느냐가 중요한 부분이다.

　안다는 것은 정신적인 것이 될 수도 있고, 물질적인 것이 될 수도 있고, 인간관계가 될 수도 있다. 안다는 것은 보고 만나며 느끼고, 체험하고 배우면서 얻어진 결과가 아닐까 싶다. 사람마다 그릇의 크기가 다르니 저마다 가치 기준이 다르겠지만, 알고 모름의 차이는 연륜에 비례할 수 있겠다는 생각이 든다.

　세월의 연륜이 쌓이다 보니 몸이 부실해지고 녹슨 곳이 나타난다. 시력이 나빠져 영양제를 먹게 되고, 치아가 부실해져 몇 개를 인공치아로 교체했다. 이제 평소 건강하다고 큰소리치던 기계는 설 자리를 잃었다. 그런데 무력해지는 나 스스로가 싫지만 그렇다고 나빠진 눈이 좋아질 리 없고, 부실해진 치아가 단단해질 수 없으니 어쩌겠는가. 지금부터라도 더 나빠지지 않도록 대안을 찾아야 하지 않겠는가.

시력이 나빠져 돋보기를 찾을 때쯤, 아내의 눈 건강이 심각했는데도 내가 전혀 눈치채지 못했다. 얼마나 무심하고 아둔했음에 미안했다. 다행스러운 것은 아내가 안과를 가보아야겠다고 할 때 신앙생활을 같이하는 도반 중에 조치원에서 이 안과를 운영하는 원장이 있어 자문을 받을 수 있었다. 우선 검사부터 받아야 한다는 의견에 아내와 나는 난생처음 안과를 찾았다. 여러 검사를 했는데 아내는 백내장 수술부터 해야 한다고 해서 백내장 수술을 받기로 했다. 나는 염려할 정도가 아니어서 다행이다 싶었다.

눈에 매스를 댄다는 사실에 많은 걱정을 했으나 성공적으로 수술이 되어 내 염려를 불식시켰다. 원장이 같은 도반이어서 믿음과 신뢰를 갖고 편안한 마음으로 수술을 받을 수 있었던 덕일 것이다. 같은 믿음을 갖고 있다는 사실에 얼마나 위안이 되는지 절실히 체험하는 계기가 되었다. 백내장 수술하면서 추가검사가 필요하다면서 자신보다 의술이 뛰어난 분이 계신다며 모 대학병원 과장을 추천해 주었을 때 원장님을 더 신뢰하게 되었다. 인간은 더불어 살아가는 존재이기에 소개받은 분과 만나 좋은 인연을 맺는 기회가 되었고, 믿음이 없었다면 그 기회를 놓치고 말았을 것이다.

모 대학병원에서 검사를 받은 결과 '황반변성'이었다. 잘 알려지지 않은 생소한 진단을 받고 보니 갈등이 일었다. 더구나 치료가 늦으면 실명할 수도 있다는 경고까지 받았다. 그런데 나의 염려와 달리 훌륭한 선생님을 만나 전화위복의 계기가 된 것이다.

황반변성, 치료 시기를 놓치면 실명할 수 있다는 위험한 안질환이었다. 이 안 질환은 치료받는 시점에 병명조차 널리 알려지지 않았다. 심지어 황반변성을 앓는 사람조차도 자기 자신의 병명을 모르고 있을 때였다. 아내도 전혀 모르고 있었다. 그런데 소중한 인연을 제때 만나 치료를 받아 완치되어 눈 건강을 지키고 있다. 그저 감사할 뿐이었다.

아내가 황반변성 치료를 받은 후 얼마 지나지 않았는데 갑자기 황반변성에 대한 질환이 언론을 타기 시작했다. 이 질환이 매우 위험하다는 걸 알게 되었을 때 안도의 가슴을 쓸어내리기도 했었다. 더욱 고마운 것은 치료 후 꾸준히 복용하라고 추천해 준 영양제였다. 지금이야 어느 약국에서나 쉽게 구할 수 있지만, 처음 구입할 때는 판매처도 드물어 사기 어려웠고 수량도 제한되어 불편했다. 또한 금전적인 부담도 간과할 수 없었으니 마음 부담이 적지 않았다. 그런데 미국에 있는 딸이 그 사실을 알고 성분이 같은 영양제를 구해 보내주었을 때 든든한 지원군을 얻은 듯했다. 딸이 비슷한 계열에 근무하고 있어서 쉽게 구할 수 있었으니 아는 것이 얼마나 힘이 되는가를 다시금 느낄 수 있었다.

아내를 따라 도반의 안과를 찾다 보니 자연 나도 시력 검사를 하게 되었고, 흔하지 않은 초기 질환을 발견하여 안약을 처방받아 넣으면서 아내가 먹는 영양제를 같이 먹으라, 조언해주어 지금까지 복용하고 있다. 이 또한 얼마나 고마운 일인가.

아내가 말한다. 당신은 나로 인해 덕을 본 것이라며, 치료를 받기 전 운전할 때 차선이 두 개로 보이고, 도로가 움푹 파인 듯 굴곡이 있게 보여 깜짝깜짝 놀라며 운전했다는 말을 듣고, 연연하는 것은 아니지만 심적 무게가 가볍지는 않았다.

알고 모름에 차이가 얼마나 큰가를 느끼게 했다. 세상사가 다 그렇지만 관심을 둔다는 것이 얼마나 중요한가, 나 자신의 부족함을 성찰할 수 있는 계기가 되었다.

세월이라는 보이지 않은 바이러스가 눈을 침침하게 해 영양제를 먹게 하더니 이제는 치아를 부실하게 해 치과를 찾게 했다. 치과를 찾은 것은 아들, 딸의 권유에 뜻을 따랐지만 무지를 또 한 번 드러내는 동기가 되었다.

치아가 부실해지는 원인을 바르게 알고 바르게 사용할 줄 알아야 하는데 머리로만 알고 실천이 따르지 않았음이다. 원인이 밝혀졌을 때도 바로 치과를 찾아 고치려는 노력이 부족했음이다. 치과 원장인 회원으로부터 스케일링하라는 권유를 받았음에도 주의해 듣지 않고 시간을 보내며 곤란 없기를 바랐으니 어찌 원만한 처사라 하겠는가.

치아에 대해 가장 큰 잘못을 꼽는다면 젊었을 때 병뚜껑을 무리하게 따고, 딱딱하고 질긴 마른오징어 등으로 혹사했으니 치아의 수명을 단축하는 원인을 제공한 셈이다. 특히 술안주를 주문할 때면 동행한 사람들의 의견은 들어보지도 않고 오징어부터 시켰으니 치아가 반발하는 것은 당연한 이치가 아니던가.

앞니 하나가 보기 싫게 자랐다. 당연히 빼야 함에도 빼고 나서 앞니가 없는 상태로 사람 만난다는 것이 찜찜해 시간만 허비하다가 딸의 소개로 소개받은 치과 원장과 상담을 하고 나니 모름에 대한 자책이 너무나 컸다.

모두 다 알고 있는 것을 나만 모르는 것 같았다. 그 상담에서 처음으로 임시치아가 있다는 것을 알았다. 임시치아가 있다는 것을 알고 난 후 한참 동안 진즉 알았더라면 얼마나 좋았을까 하는 미련이 떠나지 않았었다. 앞니 하나 때문에 어느 인터뷰 때 제대로 말도 못 하고, 웃어야 할 때 웃지도 못해 부자유스러웠던 순간을 떠올리니 좀더 일찍 상담을 받았더라면 하는 아쉬움이 얄궂기도 했다.

안다는 것과 배운다는 것, 모르면 배워야 하거늘 배우려 하지 않았음이다. 아니 알려고 하지 않았음이다. 예상을 깨는 임시치아 한마디에 우물 안 개구리가 따로 없다는 것을 깨치게 했다.

조금은 불편한 점이 없지 않았으나 행운 숫자가 둘 되도록 살았으니 그 정도는 행복이라 생각하며 감수하려고 했다. 그러나 바이러스는 내 뜻대로 두지 않았다. 코로나19 바이러스가 무서운 것이 아니라 세월이라는 바이러스가 더 무서웠다.

그래서 거금을 들여 앞니 9개를 인공치아로 임무 교대시키고,

어금니도 두 개는 뽑았으나 어금니를 뽑은 곳은 잇몸 상태가 좋지 않아 6개월 정도 경과를 지켜보고 후속 조치를 취한다니 이제는 피할 수 없는 외나무다리에 서 있는 느낌이었다.

눈이나 치아나 하루아침에 갑자기 나빠지지는 않았을 것이다. 물론 사고나 특별한 원인으로 나빠지는 경우를 제외하면 서서히 나빠지고 있었는데도 감지하지 못했음이다. 생각해서 전해주는 정보를 잘 들으려 했어야함에도 다 아는 것처럼 마음을 열지 않았던 지혜롭지 못한 행동이 지금의 상태를 불러온 것이다. 누구를 탓하겠는가.

마음대로 생각하고, 마음대로 행동하는 습성은 버려야 한다. 세상을 살아가는데 하등에 도움이 되지 않는다. 알려면 정확히 알고 확실하게 익혀야 한다. 어설프게 아는 것은 알지 못함과 다르지 않다.

먼저 가보고, 먼저 체험한 사람의 말을 경청하고 배워서 앎을 넓히고 그 앎을 한결같은 마음으로 실천하는 것이 원하는 바를 터득하는 지혜가 아닐까 싶다.

왜 키우셨어요?

"왜 키우셨어요?"

'왜 키우다니? 뭘 말하는 거지?' 질문을 받는 순간 집에서 키우는 난 화분 등 몇 종류의 화초를 말하는 것은 아닐 테고, 아둔한 생각은 아주 잠시 주춤했다. 사태의 심각성을 여전히 파악 못 하는 나를 눈치챘음일까.

하나병원 3 심장혈관내과 진료실, "왜 병을 키워 오셨냐구요?"라고 김 과장님이 재차 물었다.

"아! 예!" 비로소 과장님의 말뜻을 알아챘으나 무어라 할 말이 없었다. 식어버린 찬밥을 대하듯 얼굴에 나타나는 굳은 표정이 어떻게 보일지 몰라서 가리고 싶었다. 떠오르는 생각과는 전혀 다른 의미지만 분명 잘못한 것임에는 맥을 같이 하는 것 같았다. 어찌 변명의 여지가 있겠는가.

요즈음 폭염으로, 열대야로 잠자리가 불편해 이리 뒤척 저리 뒤

척 하다가 어렵사리 잠이 들었다. 그런데 자정을 막 넘긴 12시 3~40분경에 가슴 통증으로 잠이 깼다. 조금이라도 시원할까 싶어 창문을 여니 후끈한 열기가 파고들어 다시 창문을 닫았다. 달빛도 없는 밖은 어둠 속에 정적만이 흐르고 있었다.

불도 켜지 않은 책상 앞에 앉아 통증을 다스려보겠다고 애쓰는데 아내가 불도 안 켜고 뭐 하느냐 빨리 자란다. 건성으로 대답하고 힘겨루기를 하는데 평소 같으면 5~10분이면 가라앉는데 시간이 흘러도 멈출 기미가 없었다.

1시간이 지나고, 2시간이 지나도 통증이 멈추지 않았고, 슬그머니 겁이 나기 시작했다. 119를 불러 응급실을 찾아야 하나? 복잡하지도 않은 계산으로 머릿속이 혼돈 그 자체인데 응급 시 사용하라던 스프레이 생각이 뒤늦게 났다. 급할 때 혀 밑에 3번 뿌리라던…. '왜 이제야 생각이 나는 것이지?' 스스로 망각을 탓하며 스프레이를 찾았다.

3개월 전 협심증에 대한 처방전을 받을 때 과장님은 이름 모를 스프레이를 처방전에 추가하며 응급시에 혀 밑에 3번 뿌리라며 주의를 주었는데 그동안 까맣게 잊고 있었다. 그런데 다행히 기억할 수 있음은 치매가 아니었음을 확인해 주는 것 같았다.

스프레이를 찾았으나 정말 효과가 있을까. 처음 사용하는 것이기에 믿음에 대한 의심이 브레이크를 걸었다. 이제 이 스프레이가 효과가 없으면 119를 부르리라. 그런 생각을 하며 주의받은 대로 조심히 혀 밑에 뿌렸다.

눈을 감았다. 순간이지만 혹독한 시련은 나를 돌아보게 했다. 아, 나 자신에게 너무 인색했구나. 좀 더 관심을 가져줄 걸. 미련할 정도로 무관심했던 여러 생각이 교차하였다. 파고드는 통증에 가중된 불안과 맞서며 반신반의 기다리는데 '이럴 수가!' 서서히 통증이 가라앉는 게 아닌가. 아무리 의학이 발달했다고 하지만 생각보다 효험이 빨랐다. 5~10분이 채 되지 않은 것 같은데 통증이 거짓말같이 멈췄다. 현대의학의 놀라운 효과를 실감했다. 누가 보았다면 꾀병을 했다고 여길 정도로 통증이 싹 사라졌다.

지옥과 천당이 다른 곳에 있는 것이 아니라 한 곳에 공존하고 있었다. 통증 속에서 지옥을 경험했고, 통증이 사라진 후 바로 여기가 천당이구나 하는 생각이 들었다. 후련하다 해야 할까. 그 기분을 어찌 설명할 수 있을까. 좀 과장한다면 생명을 다시 얻은 듯했다.

자리에 누웠으나 잠이 오지 않았다. 이렇게 순간적으로 '죽음'을 맞이하는 것일까. 저승사자가 위험 신호를 보낸 것으로 생각하였다. 사라진 통증이지만 너 빨리 처치하지 않으면 저승사자가 데려가겠노라는 협박 같았다. 어찌 아니겠는가. 지옥을 경험했으니 다른 방도가 없었다.

날이 밝고 아내와 상의하여 부지런히 서둘러 병원을 다시 찾았다. 담당과장은 내 이야기를 다 듣더니 "왜? 병을 키워 오셨어요?" 그래 3개월 전에 입원하라 권했을 때 입원하셨으면 이 고생 안 하셨을 텐데요. 책망 어린 말투였다. 못마땅한 듯 말끝을 흐렸지만 지적받아 마땅했다.

단순하게 넘어갈 일이 아니었음에도 심각성을 인지하지 못했으니 무슨 말이 필요하겠나. 조금만 더 늦었더라도 잘못되었을 텐데 그나마 늦지 않은 것이 다행이다는 말에 안도의 한숨을 쉴 수 있었다. 부대끼며 살아온 세월 속에 그래도 운명은 내 편이라 생각되어 스스로 위로했다.

의사의 지시대로 다음 날 입원 수속을 밟았다.

시술

의학의 발달은 심장에 이상이 생겼음에도 배를 가르는 수술을 하지 않고, 시술이라는 이름으로 혈관을 통해 치료하기에 이르렀다. 얼마나 좋은 세상인가. 계절의 변화를 모르고 살아가는 사람이 있다고 하는데 시술이라는 변화를 모르고 살아가는 사람도 많지 싶다.

내게 주어진 병명은 심근경색이었다. 옛날 같으면 걸어서 들어가 걸어 나오지 못한다는 병이다. 그런데 변한 세상에 전문의는 역시 달랐다. 육아 전문가가 아이를 달래듯, 쇠를 다루는 전문가가 쇠를 다루듯, 심장병 전문가는 내 심장을 잘 다루어 팔목의 조그만 혈관에 의지하여 통증을 거두게 했다. 얼마나 신기한가.

항상 건강할 줄 알았는데 이런 처지가 되니 더 허물어지기 전에 지금을 잘 지키려면 배우고 익혀 현실의 벽을 뛰어넘어야 한다는 생각에 머물렀다. 그러기 위해서는 소중한 것이 무엇인가를 찾아 함께 웃고 즐기며 기뻐할 수 있어야 한다. 어눌한 주변을 정리하고 밝게 살아야 한다. 이 병과도 동행하며 잘 살기 위해서는 심장병 전문 지식을 터득해야 한다. 상황 따라 변할 수 있는 변수가 많을 것이나 그때그때 남에게 의지하지 않고 스스로 풀어가는 힘을 길러야 무력해지지 않을 수 있음을 절실하게 인지해야 했다.

말로만 듣던 심근경색이 내 몸에서 일어나다니 착잡했다. 내 심장은 항상 튼튼할 줄만 알았는데 그동안 너무 방심했음이다. 그 대가가 시술대 위에 눕게 한 것이다.

잘할 수 있다는 신념을 갖고 대처하느냐 그렇지 않느냐에 따라 결과가 달라질 수 있다. 긍정적인 사고로 임하면 모든 것이 잘 되리라 나름 판단하여 심호흡을 고르게 가져가려고 노력했다.

시술대가 생소하지 않았다. 말이 시술대지 수술대와 다를 바 없었다. 전에 한 번의 경험이 있다고 친근하지는 않더라도 어색하지 않아 마음을 단단히 했다. 그렇더라도 감정의 세계는 편안할 수 없었다.

담당과장님의 주의사항이 차례로 지나가는데 팔목 혈관을 사용해서 어려우면 허벅지의 혈관을 사용해야 한다는데 고개를 끄덕였지만, 팔목에서 잘 되었으면 하는 바람은 떠나지 않았다. 팔목에 주삿바늘을 꽂아 잘 안 되었을 때 다시 허벅지 혈관을 사용한다는 데 동의했으니 어찌 겁나지 않겠는가. 운명에 맡기고 눈을 감았다.

바늘 끝이 들어가 제 역할을 함으로써 절반의 성공은 되었다고 생각했다. 바늘 끝이 들어가 제 역할을 못 한다면 또 다른 아픔이 있었을 텐데 무거웠던 마음이 한결 가벼워진 듯해 주변이 밝아진 느낌이었다.

예상보다 2~30분이 더 걸려서 시술이 끝났다. 허벅지를 건들지 않은 것만으로도 내심 안심이 되었다.

시술이 잘 끝났다는 통보 덕분에 듣는 귀가 편안했다.

과장님은 시술은 잘 끝났지만, 병을 키워 오셔서 어려움이 배가 되었다는 말에는 유구무언이었다. "수고하셨습니다, 감사합니다." 라는 말 외에는 무슨 말이 필요하겠는가.

감사의 뜻이 전해졌는지 모르나 과장님의 다음 지시는 경과를 면밀하게 지켜봐야 하니 하룻밤은 중환자실에서 보내라는 명을 내렸다. 명을 받은 간호사는 내 의견은 중요치 않았다. 나를 실은 침대는 이동을 담당하고 있는 또 다른 분에게 의뢰하여 중환자실로 직행하였다.

사전연명 의료의향서

동식물도 3개월을 키웠으면 얼마나 많이 컸겠는가. 잘 키웠으면 칭찬이라도 받을 테지만 하물며 병을 3개월 키운 격이 되었으니 중환자실로 보낸들 항변할 수 없는 처지였다.

중환자실은 말 그대로였다. 좀 떨어져 있는 환자는 보이지 않으니 상태를 모르겠으나 왼쪽으로 세 분, 오른쪽으로 한 분, 특실 같은 앞쪽에 두 분 모두 중환자였다. 대부분 산소 호흡기가 설치되어 기기 속에 묻혀있는 듯했다. 그 중앙에 샌드위치마냥 끼어 있어 그들과 함께하는 시간이 고역이었다. 나 자신은 말짱하다고 여겼으나 똑같이 중환자 취급을 받았다. 10분 간격일까, 20분 간격일까? 혈압 기계가 자동적으로 왼쪽 어깨를 쥐었다 펴며 혈압을 체크했고, 그보다 짧은 간격으로 귓속을 후벼 체온을 체크하고, 그보다 좀 긴 간격으로 혈당을 체크한다고 발가락, 귓불까지 힘들게 하며 피를 뽑았고, 무슨 검사가 그리 많은지 손목에 꽂아놓은 주삿바늘을 피해 발목에서 채혈한다고 쿡쿡 쑤셔대는데 너무 아팠다.

아파도 아프다는 소리 하지 못하고 참으려니 신음이 저절로 나왔다. 그런데다가 내 침대를 둘러싸고 있는 환자들의 상태에 따라 붕 붕 붕, 삐 삐 삐, 엥 엥 엥, 삐까 삐까 등 다양한 음향으로 간호사를 불러댔다. 그런데 신호 소리에 따라 간호사의 동작이 달랐다. 확실히는 알 수 없는 일이지만, 추측하건대 어떤 소리에는 전광석화같이 환자에게 달려와서 상태를 살펴주는데, 어떤 소리는 '너는 울어라, 나는 내 할 일을 하겠다.'라는 듯 느긋했다. 대부분 환자가 연명치료를 위해 자리를 차지하고 있는 것처럼 보였다. 꼬박 밤을 지새우면서 이 환자들의 간호를 다 해야 하는 간호사의 애로와 고충이 절로 느껴졌다.

중환자실의 나는 중환자가 아닌데 하는 생각이 들었다. 치료에 따라 필요해서 주삿바늘이 내 피부에 들락날락하는 것임에도 꼭 불필요한 검사를 하면서 손발에 상처를 내고 훈장이 만들어지는 게 아닌가 하는 의심이 들기도 했다.

내 침대와 거리가 먼 침대에서 앙칼진 여자의 목소리가 악을 쓰는 것인지 통증을 참지 못해 울부짖는 것인지 분간키 어려운 소리를 계속해서 들어야 했다. 그러니 어찌 잠이 들 수 있겠는가. 눈만 말똥말똥 천장과 벗하며 명상 아닌 명상을 하는데 아내와 했던 생각이 스치고 지나갔다.

"우리는 연명치료 하지 맙시다."라는 아내의 제안에 그러자고 쾌히 승낙했는데 옆 환자들을 보고 있노라니 그 결심이 더 단단해졌다. 퇴원하고 나가면 바로 사전연명 의료의향서 서명하겠다는 의지를 굳게 했다.

잠을 못 자니 온몸이 쑤시고 머리까지 지끈거리며 빙빙 도는 것 같았다. 빨리 아침이 되어 일반실로 갔으면 하는 생각밖에 없었다. 잠들지 못한 정신은 "왜 키워 오셨느냐"는 과장님의 말을 떠올리게 했다.

'아, 사서 고생을 하는구나. 3개월 전 입원하라 했을 때 입원 했더라면 중환자실에 올 일도 없고, 일주일씩 입원하지 않아도 되었고, 이 고생은 안 했어도 되지 않았을까.'

아무리 바쁘더라도 미루어야 할 일과, 미루지 않아야 할 일을 구분할 수 있어야 했다. 동식물은 키워서 잘 크면 칭찬을 받을 테지만 병은 키울수록 통증이 가중되어 괴로움으로 찾아올 뿐임을 새삼 반추하는 시간이었다.

그 밤을 후회와 번민으로 뜬눈으로 새웠다. 다음 날 과장님이 오셔서 몇 마디 묻더니 바로 일반병실로 옮겨 주겠다는데 선입견일까? 내 마음을 들여다보듯 병을 키워서 오셨으니 감수하라는 의미가 감추어져 있는 듯했다. 중환자실에서의 하룻밤은 몇 날을 지새운 것 같았다. 그렇지만 감정의 파도는 달랐다. 내면에서 움직이는 진실은 모름에 대한 반성이 따랐고 그 대가는 심장에 대한 배움 또한 조금이나마 무지를 탈출할 수 있는 계기가 되었다.

일반병실로 가는데 마음은 빨리 아내에게 연락해서 걱정을 덜어주어야겠다는 생각으로 꽉 차 있는데 일반병실로 가기 전에 몇 가지 검사를 더 해야 한단다. 그중에 심장 초음파 검사는 시간이 상당히 걸린다는 안내에 조급한 마음이 느긋하지 못하고 간호사에게 소요 시간이 어느 정도냐고 물었더니 4~50분이 걸린단다. 내 시간도 내 마음대로 못 쓰고, 내 마음도 내 마음대로 못 쓰는 곳이 병원이구나, 체념할 수밖에 없었다.

검사를 마치고 병실에 들어서니 아내가 기다리고 있었다. 아내의 얼굴을 보자 눈물이 핑 돌았다. 애써 눈물을 감추고 간호사에게 다 들었을 테지만 얼마나 걱정했느냐고 말을 돌렸다. 그런데 아내보다도 병실을 공유하고 있는 환우분들의 질문이 쏟아졌다. 어떻게 된 것이냐? 잘못된 줄 알았다 등등.

길고 긴 하룻밤이었다.

큰 아픔을 겪어봐야 남의 아픔도 헤아릴 수 있다고 했던가.

봄꽃은 짧은 기간이지만 아름다움을, 매력을 발산한다. 환영을 받고 찬사를 받는다. 병실에서 오랫동안 생명을 연장하며 사는 것보다는 봄꽃 같은 삶을 살아도 나쁘지 않을 것 같다.

아무리 좋은 말이라도 가슴에 품고 떠나면 누가 알 것인가. 더구나 인생은 똑같은 경우가 두 번 주어지지 않는다고 하지 않은가. 기회가 주어졌을 때 표현하며 살아가는 것도 하나의 방편이지 싶다. 생명 연장 포기서가 그 하나의 표현일 듯싶었다.

허수아비 인생

요즈음 찜통 같은 기후 이변은 생존권을 위협하고 생활 속에 번지고 있는 교육 현실은 소망과 거리가 먼 쪽으로 만연하다. 더구나 파렴치하고 부도덕한 존속에 관한 기사가 넘치는 것을 보면서 점점 인정이 메말라 가는 느낌이다.

반복되는 일상에서 서로를 이해하려는 마음보다는 자신의 이익만을 위해 물불 안 가리고 자행되는 뉴스에 그런 그들은 인간으로서 자존심조차 없는, 허수아비 인생이 아닌가 하는 엉뚱한 생각을 해 본다.

주어진 자리에서 맡은 바 할 일도 제대로 하지 못하고 자리만 차지하고 있는 사람, 주도적이지 못하고 지배주의 조종에 따라 자신에 주관을 펴지 못하는 주변머리 없는 사람, 인생의 주인은 자신일진대 남들이 하라는 대로 꼭두각시놀음만 하는 사람들, 모두 허허벌판에 서서 허송세월만 하는 허수아비와 다를 바 없는 삶이라 아니할 수 없다.

벼가 익어갈 무렵 농부의 명을 받아 근무를 시작하는 허수아비, 참새를 쫓으라고 지시했건만 쫓기는 커녕 오히려 참새와 노닥거리며 노는 꼴을 보다 못한 농부, 좀 더 무섭게 보이려고 눈 키우고, 머리카락을 산발시켜 놓았건만 참새 왈, 농부가 코미디를 한단다. 가서 구경하자며 한술 더 떠 단체관람을 하고 있으니 농부의 말[言]이 거칠어졌다. "훠이 훠이!" 새들을 쫓으면서 허수아비 향해 아무짝에도 쓸모없는 것이 몹쓸 인간과 똑같다고 푸념을 한다. 사람이라면 속 터진다고 한 대 쥐어박기라도 하지만 허수아비는 쥐어 박아봐야 쥐어박는 손만 아플 뿐이다.

허수아비가 농촌 들녘에만 있는 건 아니다. 도시의 아파트 숲에서도 볼 수 있다. 아파트 주변에 조성해 놓은 나무들이 자라 숲을 이루니 까치들이 제집인 양 몰려 들어 배설해 놓는다. 주민들이 눈살을 찌푸리며 미관상 지저분하고 위생에도 좋지 않으니 쫓을 방법을 연구하라며 관리사무소에 민원을 제기하기에 이른다.

반가운 소식을 전하는 까치가 언제부터 해를 끼치는 조류로 전락했을까. 관리사무소에서 자문을 받아 매가 날아다니는 허수아비 연을 만들어 매달아 놓았다. 바람 불면 제법 효과가 나타난다. 그러고 보면 허수아비 효과가 전혀 없는 것도 아니라는 생각이다.

대접받는 허수아비가 있다. 쇼 윈도우에 설치된 마네킹이다. 사람도 입어보기 힘든 명품 옷을 입고 화려한 곳에서 뭇 시선을 받고 있는 마네킹은 전생에 복을 많이 지었나 보다. 가만히 있어도 위해 주니 말이다. 그러나 마네킹 스스로는 실속이 없잖은가.

실속이 없는 사람을 빗대어 빛 좋은 개살구라 했던가. 살 형편도 못되면서 마네킹에 걸린 명품 옷에 명품 가방을 사 들고 목에 힘주는 부류들, 파전 하나에 막걸리 한 잔이면 족한데 양주 마시며 과시하는 주당들, 수입도 변변찮으면서 쓸모없는 곳에 지갑을 열어 씀씀이가 헤픈 이들, 모두 겉과 속이 다름을 극명하게 보여 주는 마네킹 인생이 아닐까 싶다.

남 보기에 잘 먹고, 잘 입고, 잘 쓰고 다니니 잘 산다고 여길지 모르나 낭비에 가까운, 헛된 과소비에 열중하다 보면 잘 사는 인생은 아닐 듯싶다.

분명 각자의 가치와 판단 기준이 달라 부족한 행동이었음에도 느끼지 못하였으니 말해 무엇하랴. 그러면서도 젊어서는 그것이 잘사는 행동이라 여겼으니 어찌 어리석다고 아니할 수 있겠는가.

위엄이 있고 권력이 있는 허수아비도 있다. 도로 곳곳에 세워진, 위험하니 조심하라고 경고하고 있는 경찰 마네킹이다. 허수아비라고 손가락질도 받지만 처음 만나는 운전자는 깜짝깜짝 놀랄 만했다.

경찰 마네킹을 처음 만났을 때다. 강의 시간에 맞추려고 평소보다는 다소 속력을 냈다. 새로 개통한 도로지만 자주 다니는 길이기에 생각 없이 달리는데 멀리 경찰이 단속하는 것 같았다. 갑자기 속력을 줄이면서 이른 시간에 무슨 단속, 흠칫 놀라기도 했으나 이내 마네킹 경찰임을 확인하고 언제 설치했지? 못마땅한 생각이 들었다. 그러나 생각을 바꿔 아무리 바쁘더라도 과속하지 말자. 규정

속도 준수하면 감성이 흔들리지 않을 테고, 따라서 마음에 부담 갖지 않아도 될 일 아니던가. 법은 지키라고 있는 것이다. 허수아비라도 내세워 과속을 못 하게 하는 것은 국민의 안전을 위함이다. 우리 사회가 안고 있는 모순이 경찰 마네킹으로라도 교통질서가 바로 세워진다면 밝은 사회로 나갈 수 있는 계기가 되지 않을까.

그런 생각을 하면서도 허수아비에게 한 번 속지 두 번 속느냐, 다시는 속지 않을 것이라 다짐을 하지만 마음대로 되지 않는다. 그것은 과속하며 가다가 그 경찰 허수아비만 보이면 자동기계가 작동하는 것처럼 순간적으로 브레이크를 밟게 된다. 번번이 허수아비와의 줄다리기에서 나는 패한 꼴이 된다.

허수아비 인생은 거짓이 난무하는 곳에서는 쉽게 찾아볼 수 있다. 좋은 재능을 바르게 사용했으면 좋으련만 그르게 사용하다 어려운 처지로 떨어진 딱한 인생들, 자녀들의 목소리를 귀신같이 흉내 내어 부모를 괴롭히는 보이스 피싱하는 자들, 남의 약점을 이용해 자신의 이익을 꾀하는 이들도 분명 허수아비 삶을 사는 부류들이다. 그런 허수아비 인생들은 자력으로 허수아비 인생에서 탈출하려는 노력을 끊임없이 한다면 사회도 정화되고 그들의 삶도 밝은 세상을 살게 될 것이다.

거짓이 참을 이길 수 없다. 속고 속이는 세상을 풍자하지 않더라도 거짓은 시간이 얼마나 걸리느냐는 문제이지 반드시 밝혀지는 게 세상 이치다.

남에게 해가 되지 않는 삶을 살아야 한다. 세상에 조금이라도 도움이 되는 인생이어야 한다. 육체적이든 금전적이든 정신적이든 어느 면에서든 유익을 주는 삶이어야 한다.

허수아비의 존재 의미를 긍정적인 것만을 받아들인다면 깊은 밤이 가면 결국 새벽이 반드시 오듯, 미래지향적인 삶을 살아가게 될 것이다.

3

지나고
보니

지나고 보니

일생을 보내면서 어느 때가 골든타임일까? 아마도 40대에서 60대까지가 아닐까 한다. 그때를 어떻게 보냈을까 반추해 보니 호텔을 건축하고 운영하며 보낸 시기와 맥을 같이한 것 같다. 문득문득 떠오르는 기억들을 거슬러 올라가니 좋았던 기억도 많았고 좋지 않은 기억도 많았다.

세월이 흐른 지금 생각하니 개관을 앞두고 왜 그토록 애를 태웠을까. 하루 이틀 늦어지는 것을 순리로 받아들일 수도 있었는데, 한두 달 늦는 것을 안달하지 않아도 되었었는데, 예산이 좀 늘어난다고 크게 걱정할 일도 아니었는데 무엇을 얻기 위해 느긋하지 못하고 서두르며 조급했을까?

영업을 중단할 때 무정한 건물도 생명이 있을 때와 없을 때의 차이는 인간이 권세에 따른 힘과 능력을 가지고 있을 때와 명예와 권세를 잃었을 때와 다르지 않다는 생각이 불현듯 들었다. 생명이 왕성할 때는 영업도 잘 되었고, 시민들의 사랑을 듬뿍 받았는데 영업을 중단하고 얼마 지나지 않았는데도 볼품없는 건물이 되었다. 그런데다 건물을 헐어야 한다니 돌이켜보면 호텔을 짓겠다고 용기를 내었던 때가 그립다.

관광호텔을 철거할 때 통보를 받았다. 철거한다는데 그냥 앉아 있을 수 없어 직접 현장을 보려고 들렀다. 마음이 아팠다. 아직 골격은 그대로 있었으나 내부는 거의 철거가 끝나 호화로웠던 조명등이나 실내장식의 옛 모습은 찾아볼 수 없었다. 불을 환하게 밝히는데 공헌했던 전선은 여기저기 뭉쳐져 내팽개쳐져 있었고, 물을 공급해 주던 파이프는 파이프대로 한곳에 모아져 고물상으로 팔려 갈 채비를 하고 있는 것 같았다. 이 모든 것 어느 한 부분도 내 손길이 미치지 않은 곳이 없었다. 이 모든 사물이 "왜? 인제야 왔느냐?"고 나를 질책하고 소리를 지르는 것 같은 환청을 들으면서 눈물이 핑 돌았었다.

지난날을 그리워하는 것은 부질없는 상념일 수 있으나 호텔을 오픈하기 위해 온갖 정성을 다 쏟았던 때를 어찌 잊을 수 있겠는가. 설계도면이 완성되기까지 참고도면을 구해 들고 설계사무실을 수 차례 들락거리던 순간, 지하 토목공사를 할 때 지하수가 많이 분출되어 애를 먹었던 순간, 골조 공사를 하다가 감속기 파열로 인명사고가 났던 순간, 자재가 부족해 동분서주했든 뛰어다니든 순간, 전국체전을 겨냥해 공사를 시작했는데 6개월 이상 공기가 지연될 때 사방에서 질책을 받던 순간에는 오던 길을 되돌아가고 싶었다. 그러나 반대로 개관식 때는 힘들었던 순간들을 모두 보상받는 느낌이 들 정도로 영광스런 순간도 있었다.

호텔을 오픈하고도 참 많은 일이 있었다. 아침 일찍 출근해 단골고객과 원두커피의 향을 음미하며 조언을 들으면서 '은혜'라는 단어를 떠올렸다. 한 손님이 사우나를 하고 나가면서 서비스가 달라져 기분이 좋다며 종사원을 치켜세우며 칭찬을 아끼지 않을 때는 손님이 왕이라 여겨졌다. 레스토랑에서 식사하고 맛있게 잘 먹었다며 엄지척을 해주실 때는 고마움에 고개가 절로 숙어졌고, 외국에서 내한한 고객과 로비에서 대화 중에 지방이라 어려움이 많을 줄 알았는데 불편이 전혀 없었다며 격려를 받았을 때는 자부심을 느꼈다. 그 외국인들이 다시 찾아오고 선물까지 챙겨 왔을 때는 마음껏 웃었으며 보람을 크게 느꼈었다. 특히 많은 문인이 호텔을 이용하면서 희망과 용기를 갖게 했는데 든든한 후원자 같았다. 등단기념식, 출판기념회, 시 낭송회 등등 각종 행사를 끝내고 나갈 때 오히려 잘해 주어 감사하다는 인사를 받았을 때 뿌듯한 감정은 숨길 수 없었다.

좋은 일만 있었던 건 아니다. 손님으로부터 냉난방이나 세탁물, 비품 등에 대해 불평을 들었을 때 답답하고 막막하기도 했다. 어느 날인가, 아침 이른 시간에 일본 여자 손님이 프런트에 와서 조심스럽게 수건을 내놓으며 냄새를 맡아보란다. 수건을 받아 냄새를 맡아보니 역겨운 냄새로 내 인상도 찌그러졌다. 너무나 죄송해서 미안하다고 몇 번이고 고개를 숙였다. 그런데 일본 손님은 괜찮다며 이 냄새는 비눗물이 빠지지 않아 나는 냄새이니 잘 헹구라는 조언을 해주었다. 너무나 고마워서 답례했다. 그 후 다시는 그러한 실수는 하지 않았다.

돌이켜보면 우리네 삶은 항상 지나고 나면 아쉬움과 후회가 남는다. 꽃이 활짝 피었을 때 가장 아름답듯이 영업이 잘될 때는 어려움이란 없을 듯했는데 시류 따라 문을 닫았고, 지나온 일들을 돌이켜보면 문을 닫기 전 많은 도움을 받았던 문학모임, 특히 김 교수님, 백 원장님, 임 선생님은 기억에서 지울 수 없을 것 같다.

이곳에 어떤 건물이 세워질지 궁금하다. 나의 삶과 열정이 녹아 있는 이곳을 무심하게 지나치지는 못할 것 같다.

꿀잠

　꿀잠, 사전적 의미는 아주 달게 자는 잠을 이름이다. 깊이 잠드는 숙면을 뜻하기도 한다.

　며칠 전에 낮잠을 잤다. 얼마나 깊이 잠이 들었기에 일어나면서 어두워지는 밖을 보며 새벽이 오는 줄 착각했다. 그날 중요한 저녁 약속이 생각나서 순간 얼마나 놀랐는지. 기지개를 켜며 "죽어버렸었네."라고 입속말까지 했다. 그런데 정말 죽음도 이와 같다면 덜 고통스럽겠다는 생각이 들었다. 정신이 들자 머리가 맑고 깨끗해져서 기분이 나쁘지 않았다.

　아, 잠이 이렇게 좋은 것인가, 흔치 않은 꿀잠을 잔 것이었다.

　사람에게 잠이 얼마나 중요한가에 대해서는 경험자의 체험 일성을 듣지 않더라도, 의사들의 말을 빌리지 않더라도 모두가 공감하며, 오복 중에 하나라는 것은 다 알고 있는 사실이다.

　꿀잠은 묵묵히 일하고 얻은 땀의 대가, 피로를 해소하고 뇌를 쉬게 하여 내일을 준비하는 시간, 맑은 정신을 찾아주고 생활에 활력소를 불어넣어 풍요로운 삶을 살아가게 하는 매우 소중한 것이다.

잠은 사람의 기분이나 스트레스 등 건강에 많은 영향을 미친다고 한다. 사람에게는 휴식이 필요하고 피로를 풀어 주지 못하는 행위는 과열된 자동차를 그대로 운전하는 것과 다를 바 없다고 비유한다. 불면증에 시달리는 사람이 아니더라도 꿀잠 자는 모습을 보면 부럽다고 이야기하는 사람들이 적지 않다.

나는 짧은 3~5분 정도의 쪽잠을 잘 잔다. 그것은 늘 긴장하면서 근무해야 하는 내 직업과 환경에 적응하려고 노력한 산물이 아닌가 싶다.

잠에 대한 단상은 내가 직접 겪지 않았더라도 보고 들어 느끼는 바가 적지 않다. 대학에서 강의할 때 수업을 시작해 10분도 채 안되었는데 조는 학생들이 있다.

잠을 이기지 못하는 학생들을 볼 때면 못 본 척 그대로 둔다. 젊은 시절 내 격은 바로는 잠을 깨워 수업을 듣게 한다 하더라도 몽롱한 정신에 무엇이 머리에 들어가겠는가 하는 생각에서다.

사실 버스나 지하철을 타고 등교를 하거나 출근을 하는 사람으로서 졸다가 정류장을 지나쳐 한 번쯤 혼쭐이 났던 경우도 있을 것이고, 약속 시간을 어겨 기다리는 사람 바람맞게 해 핀잔을 들은 경우도 있을 것이고, 비행시간 놓쳐 낭패를 당하는 경우도 있을 것이다. 누구나 한 번쯤 경험했지 싶다.

숙면을 싫어하는 사람이 있을까. 가정을 떠나 잠을 자야 하는 호텔의 경우 숙면에 저해되는 요인이 적지 않다. 호텔 측에서는 가능한 한 그 요인들을 없애려고 노력하지만 쉽지 않다.

70년대 우리나라의 호텔 시설은 참 열악했다. 부대시설이나 인테리어, 서비스 등 모든 면에서 세계적 수준에는 못 미쳤다. 그중에 하나가 침대였다. 관광을 목적으로 입국하는 외국인은 크게 문제가 되지 않았으나 그즈음 비즈니스를 위해 한국을 찾는 외국인들이 늘어나기 시작했다. 동양의 작은 체구만 보다가 서양의 큰 체구를 접하다 보니 기에 눌리는 것 같았다. 특히 농구 같은 스포츠 교류가 활발해지면서 키 큰 선수들이 호텔에 체크인했을 때 발을 동동 구르는 일이 자주 발생했다.

침대의 크기가 문제였다. 그때까지만 해도 법으로 정해진 호텔 객실의 규격 중 침대의 사이즈는 길이가 1m 90cm였다. 그런데 2m가 넘는 장신들이 들어오니 그들을 맞을 준비가 되어 있지 않은 상태에서 난처했던 게 한둘이 아니었다. 그때 고충이 이제는 아련한 추억이 되었다.

처음으로 장신 선수가 체크인했을 때이다. 거인들이 로비로 들어오는데 얼마나 당황했는지 모른다. 낯선 상황에 놀라는 감정의 변화는 동작도 굼뜨게 했다. 저들을 어찌 맞이해야 한단 말인가. 데스크에서 등록이 다 끝났는데도 안내할 생각을 못 하고 그저 그들을 바라만 보고 있었다.

그렇다고 손님들을 마냥 세워둘 수도 없었다.

나보다 머리 하나는 더 큰 손님을 객실로 모셨을 때 일시적이긴 했으나 불안 불안했다. 그 심정을 간파했을까? 객실에 들어선 손님은 내부를 살피더니 침대를 가리키며 양손을 벌리면서 어찌해야 하느냐는 몸짓이었다. 더구나 콩글리시 언어 때문에 소통이 제대로 되지 않으니 답답했다. 그때 손님이 벌렁 침대에 눕더니 침대 끝에 걸친 발목을 까닥까닥하며 이것을 어떻게 하겠느냐? 답을 하라는 것이었다. 무슨 답을 하겠는가. 쥐구멍이라도 있으면 빠져나가고 싶은 심정이었다.

침대란 잠을 편히 잘 수 있어야 한다. 그런데 침대가 사람 신장보다 작으면 어떻게 되겠는가. 아! 하는 한숨만 나왔고 대답할 말이 없었다. 아무런 준비가 없었으니 무슨 답을 하겠는가.

그런데 다시 발목을 까닥까닥하는데 순간 웃음이 나왔다. 그렇다고 어떻게 웃는단 말인가. 웃을 수 있는 형편이 아니기에 억지로 웃음을 참으려니 눈물이 나올 것 같았다. 그 표정을 보더니 도리어 손님이 웃어 주어 서먹서먹한 분위기에서 빠져나올 수 있었다. 민망함에 한동안 멍하니 아무것도 할 수 없었다.

집을 떠나 타지에서 자는 잠은 늘 선잠일 수 있다. 그 선잠을 꿀잠 잘 수 있도록 배려해서 태어난 것이 호텔 아니던가. 당연히 그역할을 하도록 일처리를 해야 함에도 수습하고자 하는 용기와 재치와 행동은 굼떠 머리 회전이 빠르지 못했다. 어떠한 일보다 우선해야 함에도 어찌할 바를 몰라 우물쭈물했던 것 같다. 어려움에 처했을 때 떳떳하고 당당하게 헤쳐나가라는 좋은 말도 떠오르지 않았다.

참으로 암담했을 때 신호등에 파란불이 켜지듯 구명줄같이 떠오르는 사람이 있었다. 바로 어려울 때마다 항상 재치와 기지를 발휘하여 풀어 주는 연세가 지긋한 목공이시다. 목공실을 찾아 침대 문제를 어떻게 하면 좋겠냐고 하니 해 보자고 한다.

형편에 맞게 따라보자고 한다. 언젠가는 받아들여야 할 일인데 남보다 먼저 시도하는 좋은 기회가 아닌가 싶었다. 폐기했던 매트리스와 합판을 이용해 침대 길이를 늘리니 아쉬운 대로 사용에 불편 없었다. 그분의 응급조치 덕에 위기를 모면한 은혜는 두고두고 잊을 수가 없다.

'작은 침대에서는 키 큰 사람이 누울 수 없다.'라는 걸 깨닫고는 키 큰 서양인들을 위한 침대를 제작하는 계기도 되었다. 어디 침대뿐이겠는가. 마음 좁은 사람을 비유할 수 있는 하나의 교훈이었다.

그날 멈칫멈칫 어찌할 바를 모르고 애를 태웠던 생각을 하면 지금도 초조했던 그때를 되돌아보게 한다. 그렇게라도 했기에 그분은 꿀잠을 잘 수 있었을 것이다. 다음날 고맙다는 인사를 받았는데 왜 그리 어색하게 답을 했을까.

뿌린 대로 거둔다

　뿌린 대로 거두는 계절, 단풍이 곱게 물들어간다. 벼들은 고개를 숙이며 겸손을 본받으라 이른다.

　풍요로운 수확을 기다리는 농부는 추석을 하루 앞두고 고향을 찾아올 가족들 생각에 몸과 마음이 바쁘다. 붉게 익어가는 감과 호박 줄기에 맺은 늙은 호박이 멀리 떠나보낼 채비에 서두른다. 고추와 참깨, 고구마 등은 이미 채비를 마쳤다. 자주 만날 수 없는 자녀들이 교통체증을 감수하며 찾아오니 얼마나 든든하겠는가. 생각만으로도 힘이 나고 흐뭇하다.

　"얘들아, 너희가 얼굴만 보여 주어도 어깨가 올라간다."

　얼마나 미덥고 정이 넘치는 말인가. 장인 장모께서 생존해 계실 때 아내가 찾아뵐 때면 자주 하신 말씀이 과거가 되어 버렸지만 지금도 애틋하게 생각날 때가 있다. 지금 살아 계셨으면 얼마나 힘이 되고 좋아하셨을까? 얼굴만 보여 주어도 어깨가 올라간다는 말이 문득문득 떠오른다. 그에 보답하지 못하고 살아가는 것이 자녀들이고 인생이지 싶다. 그러한 자녀들을 위해 푸성귀며, 양념거리들을 올망졸망 싸 주시는 그 정 또한 어찌 잊을 수 있겠는가.

그런데 못된 송아지 엉덩이에서 뿔난다고 시건방진 자녀들이 싸 주시는 것을 하찮게 여기고 가져가지 않겠다며 부모에게 상처를 안긴 사연들이 언론을 타고 보도될 때는 남 일 같지 않았다. 이들이 각성하고 눈물을 흘릴 때는 역지사지로 부모가 되었을 때다. 부모가 되어 부모를 생각했을 때는 이미 때가 늦었다고 하지 않던가.

대부분 차례를 지내려 왔다가 올망졸망 싸들고 가는 모습이 우리네 인심이고 전통으로 내려오는 꾸밈없는 풍습이다. 옛날에는 올망졸망 싸 주신 보따리를 들고 떠나는 자녀들이 보이지 않을 때까지 손을 흔들고 그것도 아쉬워 한참 동안 망부석처럼 자리를 뜨지 못하는 부모의 마음을 어찌 알까.

지금이야 교통의 발달로 시골도 집 앞에서 손쉽게 차에 싣고 떠나니 옛날 같은 정서는 느끼기 어려워지는 것 같다. 그렇더라도 손을 흔들며 흐뭇해하는 것이 부모의 마음이고 내리사랑이리라.

많은 세월을 보낸 이즈음, 그런 추억들이 어쩌다 생각날 때면 지금도 이맛살이 찌푸려진다. 그때 신경을 날카롭게 건들었던, 타협할 수 없었던, 이성적으로 견디기 힘들었던 일이 잊힌 줄 알았는데 어느 구석에 똬리를 틀고 있다가 모습을 드러내곤 한다.

호텔을 운영할 때이다. 다른 기업과 다르게 남이 쉴 때 일을 해야 하니 명절이 다가오는 게 별로 반갑지 않았다. 그래도 싫든 좋든 맞이해야 하는 명절 행사다. 어느 때인가 추석을 하루 앞두고 몸과 마음이 지쳐 여유롭지 못했다.

대부분의 직장인은 추석 연휴를 고향에서 보내기 위해 하루나 이틀 전 부모나 가족, 친지에게 줄 선물을 정성껏 챙기어 기쁜 마음을 안고 속속 고향으로 향한다.

지방의 작은 호텔이지만 호텔 특성상 모든 직원을 동시에 고향을 보낼 수 없으므로 최소 인원만 근무케 하는 스케줄을 짠다. 그런데 그 스케줄 짜기가 어렵다. 개인의 요구를 다 수용할 수 있으면 좋으련만 그럴 수 없는 게 한계다. 그래도 직원들 의사를 최대로 반영하고 조율하여 여러 차례 수정을 반복했다. 그렇게 작성된 스케줄이라도 명절 당일 근무자는 불만이 있을 수 있다. 그러나 어쩌랴. 그렇더라도 섭섭한 마음 내려놓고 근무하는 직원이 있기에 정상영업을 할 수 있으니 어찌 고맙지 않겠는가.

그날도 어렵사리 모든 일정을 마무리 짓고 한숨 돌리는데 중견 간부가 면담을 요청해 왔다. 편안한 마음으로 맞이했다.

무슨 일인가? 자리에 앉지, 했더니 "아닙니다. 죄송합니다."라면서 서류 봉투 하나를 내밀었다.

"웃으며 이게 뭔가?"

"죄송합니다. 저희 마음입니다."

그 직원은 더 이상 말을 못 하고 자리를 떴다. 이러한 경우를 당했을 때 사람들은 무슨 생각을 할 수 있을까. 잠시 머뭇거리다 서류 봉투를 뜯었다. 그런데 이게 뭐야. 순식간에 이맛살이 찌푸려졌다. 마른하늘에 날벼락이라 했던가. 봉투에는 전혀 예상치 못했던

20명의 사직서가 들어 있었다. 그것도 내일부터 그만두겠다는 것이다.

누울 자리 보고 발 뻗으라는 속담도 모른 것일까. 어이가 없었다. 사직서를 눈으로 보면서도 믿어지지 않았다. 한 장 한 장 넘기면서 이름을 살피는데 도무지 이해가 가지 않았다. 아무리 마음 내키는 대로 사는 세상이라 해도 이건 아니었다. 만감이 교차하였다. 무슨 감정이 얼마나 많이 쌓였기에 예의범절 무시하고 이러한 단체 행동을 하는 걸까. 삶 속에 위험 요소는 가장 가까운 곳에 있다더니 그러한 것인가. 사직서에 쓰인 명목은 급여 인상인데 과연 그럴까, 그게 아니라면 이유가 뭘까. 스스로 묻고 답해도 안갯속을 헤매는 것 같았다. 혹여 노조를 만들지 못 하게 한 후유증일까, 이유라면 그 하나밖에 없는 것 같았다.

내 앞에 장애물이 있다면 그 장애물은 누구도 대신 넘어주지 않는다. 반드시 내가 넘어야 한다 생각하니 상대적으로 박탈감이 밀려들었다.

먹구름도 비를 뿌리고 나면 시야가 밝아지듯이 현명하게 대처하려면 빠른 결단을 해야 했다. 여러 의견을 들어야 하나 머뭇거릴 시간이 없었다.

분명 무슨 이유든 있을 것이다. 그러나 이유를 묻지 않기로 했다. 이유를 묻는다면 직원들이 요구를 들어줄 것이라 착각할 수 있겠다는 마음이 앞섰다. 내일이 추석이 아니라면 의견을 들을 수도 있었으나 막다른 길로 몰고 온 그릇된 행동은 용납하기가 어려웠다.

20명의 속내를 한꺼번에 알 수 없을 터, 방법은 하나였다. 일방적인 통보를 받았으니 일방적으로 통보할 수밖에 없었다. 전화를 들어 20명 전원에게 사직서가 수리되었음을 통보했다. 통보하면서 추석날 일부 부서는 영업을 중단할 마음을 굳혔다. 그 책임 또한 지겠다는 각오도 다졌다. 고장 난 기계도 원인을 찾아야 고칠 수 있고, 고치지 못하면 더 큰 화를 자초할 수 있듯이 조직 또한 다르지 않으리라는 생각에서였다.

고심 끝에 내린 결정이었지만 저들의 행동이 정당한가. 인간다운 삶을 살기 위해 궁극적으로 가야 할 목표가 무엇일까. 거슬러 생각해 보아도 감이 오지 않았다.

그동안 함께 했던 신뢰가 무너졌다는 것이 가슴 아팠다. 제아무리 능력이 있다 하더라도 인성이 받쳐 주지 않으면 같이할 수 없기에 옳지 못한 행동에는 타협하지 않기로 마음먹었다. 아무리 급해도 휘둘리지 않겠다는 심정으로 내일 계획을 신중하게 세우는데 한 직원이 찾아왔다.

고개를 숙이고 잘못을 빌었다.

대꾸하지 않고 한참을 조용히 있다가 물었다. 요구하는 것이 무엇인가.

"없습니다. 잘못했습니다. 용서해 주십시오."

"서명은 왜 했는가?"

"같이 근무하는 의리를 생각해서 별 생각 없이 했는데 그만두라는 통보를 받고 잘못되었다는 것을 알 수 있었습니다."

"의리? 의리는 자신의 주관이 뚜렷한 사람이 쓸 수 있는 말이 아닌가?"

"죄송합니다. 실수였습니다."

참 딱한 마음이 들었다. 잠시 침묵하며 돌이켜보니 이러한 기류를 미리 살피지 못한 잘못이 저들에게만 있는 것이 아니라 내게도 있다는 생각이 들었다. 그래서 주동자가 누구냐고 물었다. 대답이 없이 눈물만 떨구었다. 더 이상 물을 수가 없었다. 이 실수가 마음을 바꾸어 앞으로 살아가는데 좋은 울타리가 되었으면 싶었다.

돌려보내고 조금 있으니 사태 파악이 되었음일까. 한 사람 한 사람 사직을 철회하겠다고 다녀갔다. 그러나 사직서는 돌려주지 않았다.

그들의 변은 대부분 급여 인상을 이유로 내세웠으나 근본 원인은 두세 사람의 힘에 좌지우지 휩쓸렸던 것 같았다. 동참하자고 하는데 차마 거절할 수 없어 생각 없이 동조했는데 뒤늦게 잘못되었다는 것을 알게 되었다는 말에서 그 뜻을 읽을 수 있었다. 다만 그들에게 주동자가 누구냐고 물었을 때 모두가 침묵을 지켰다. 그것이 의리일까? 그러나 쉽게 찾을 수 있었다. 그냥 모른 척하고 넘어가기에는 우려하는 바가 컸기 때문에 주동자를 내보내는 것으로 일단락을 지었다. 그래도 그들과 함께한 시간이 있는데 내보내는 마음이 어찌 편하겠는가.

"헤어질 때 앙금을 남기지 말라."는 명언이 있다. 헤어질 때 인간관계를 더 소중히 하라는 뜻일 게다. 인간관계가 무너지면 행복도 무너진다지 않은가.

단체 사직서는 많은 것을 깨닫게 하는 계기가 되었다. 그때를 생각하면 뿌린 대로 거둔다는 세상 이치가 일상 속에 있음을 일깨우는 것 같았다.

안개 1
─활주로에 안개가 끼면

아침에 일어나 창밖을 보니 안개가 자욱하다. 도로에 가로수는 안개 속에 몸을 숨겼고, 오가는 차량들의 몸체는 보이지 않은데다 두 눈만 유령처럼 지나고 있다. 도로의 실체마저 사라진 듯했다. 차도와 인도의 구분이 선명하지 않은데다 중앙선마저 보이지 않으니 아차! 하면 사고로 이어지겠다는 생각이 들었다. 아무리 서행한다고 하지만 걸음보다 더 느리게 달리는 운전사의 속마음은 어떨까. 지나간 경험이지만 안개 때문에 어려움을 겪었던 기억들이 아련히 번졌다.

청주공항에서 한식당을 운영할 때이다. 주말 아침 시간은 다른 날에 비해 더 분주하다. 휴가철이나 결혼 시즌이 되면 손님은 배로 늘어난다. 그만큼 더 바빠진다는 의미다. 특히 여행사들의 단체 관광객들이 줄을 잇거나 청사초롱 밝힌 신혼부부들이 많으면 그야말로 북새통이다. 신혼부부들은 일반 여행객과 다르다. 콕 찍어서 어디가 다르다고는 할 수 없지만, 어딘가 모르게 새롭고 신선해 눈길을 끈다. 그들을 보고 있노라면 이 세상은 근심 걱정이 하나도 없을 것 같다. 누구나 웃음이 가득하고, 행복해 보인다. 어찌 기쁘고 즐겁지 않겠는가. 일생에 한 번뿐인 대사를 치렀으니 원하는 것이 다 채워지지 않았더라도 모자라다 느끼지 않을 것이다. 밝은 표정에서 순수하고 아름다운 모습을 충분히 엿볼 수 있음이다. 잘 살고 못 사는 미래야 각자의 몫이니 어찌 알겠는가?

그러나 항상 좋은 날만 있는 것이 아니다. 활주로에 안개가 끼는 날은 균형과 조화가 허물어진다. 특히 예고 없이 갑자기 몰려든 안개에는 속수무책이다. 비행시간이 지연되고, 지연되는 시간이 길어져 취소라도 되면 신혼부부를 비롯한 여행객들의 표정에서 웃으며 기뻐하는 모습은 찾아볼 수 없다. 모든 근심과 걱정은 자신들이 안고 있는 듯 시무룩한 기색이 역력했다.

그럴 때면 항공사는 항공사대로, 여행사는 여행사대로 동분서주하며 전전긍긍하지만, 안개가 걷히기까지는 자연의 섭리인 것을 어찌하겠는가?

그런 와중에 승객들의 군중심리일까? 단체 관광객들 사이에 소란이 일기 시작한다. 이유야 있겠지만 바람직하지 않은 행동들이다. 그런다 해서 문제가 해소될 일이 아니지 않은가. 그러나 몇몇 순간을 참지 못하는 분들의 이기심이 일을 꼬이게 한다. 그러다 감정의 골이 깊어지면 관광객과 여행사, 여행사와 항공사, 신혼부부와 항공사 직원 간에 목소리가 높아진다.

언제 뜨느냐? 얼마나 더 기다려야 되느냐? 뜨긴 뜨는 것이냐?

급한 마음에 참지 못하고 항공사 직원만 닦달하는 것이다. 그러나 항공사 직원이 무슨 죄가 있는가? 또한 안개가 언제 걷힐 줄 어찌 안단 말인가. 그저 하소연에 그칠 수밖에 없다.

우리네 삶도 다르지 않다. 급하면 지푸라기라도 잡고 싶은 것이 인간사 아니던가. 그러다가도 안개가 빨리 걷혀 상황이 종료되면 웅성거리던 승객은 썰물처럼 탑승구를 따라 항공기 좌석을 찾아가지만 지연되는 시간이 길어지거나 취소가 되면 그때부터 식당이 몸살을 앓는다.

식당이야 몰려든 승객들로 인해 즐거운 비명을 지르지만, 꼭 즐거운 것만은 아니다. 한꺼번에 몰려든 손님을 소화할 수 없으니 아수라장이 되는 것은 불을 보듯 뻔하다. 식사가 늦어지는 것은 어쩔 수 없는 현실이 아니던가. 그러나 그것을 이해하려는 고객은 많지 않다. 항공사 직원들과 1차 격렬한 부딪침으로 인한 스트레스를 받은 그들은 식당이 화풀이의 대상이 된다. 특히 목적지에서 행사를 주관해야 할 주인공이나, 계약을 체결해야 하는 사업가들, 일부 신혼여행이 취소될 수도 있는 승객들은 식사가 문제가 아니기에 식당에 있는 것조차도 불편해서일까 좌우 가리지 않고 자신이 처한 불편을 늘어놓는다. 그나마 느긋한 여행객 중에는 이것도 지나고 나면 다 추억이 된다며 한껏 여유 부리는 손님도 있다. 그들을 볼 때면 무한한 감사와 함께 어두웠던 마음이 밝아지기도 한다. 그뿐이 아니다. 그 와중에 어느 신혼부부는 식사 일인분을 시켜 놓고 수저 한 벌을 더 달라 해서 유심히 보았더니 역시나 예상대로 실속

파였다. 절약도 좋지만 너무하다는 생각도 함께 일었다.

　세상사 다 지나간다고 했던가. 끝날 것 같지 않은 불편함도 시간이 흐르면 다 종료가 된다. 안개가 걷혀 웃으며 끝날 수도 있고, 비행이 취소되어 하는 수 없이 발길을 돌리며 끝나는 경우도 있다. 다 떠나고 나면 언제 그랬냐는 듯 조용해진다. 여러 사람을 울리게도 하고 웃게도 하는 안갯속 음·양의 섭리를 어찌 추측할 수 있겠는가? 다만 그 우주의 섭리 속에 우리가 동행하며 살고 있음이다.

안개 2
−대관령을 넘으면서

처음으로 대관령을 넘을 때이다.

강릉의 경포대, 주문진, 하조대, 낙산, 속초에 이르기까지 유명한 해수욕장과 어우러진 동해안의 절경은 휴가철을 핑계 삼지 않더라도 한 번쯤 가보고 싶은 곳이다.

그런데 가보고 싶다고 마음대로 되는 것이던가. 지금이야 쉽게 다녀올 수 있겠지만 영동고속도로가 개통되기 전에는 대관령 구불구불한 고갯길을 넘어야 했기에 쉽게 다녀올 수 없었다.

청주에서 출발해 중부고속도로를 거쳐 영동고속도로 들어섰다. 초행길이지만 좋아진 도로가 걱정을 덜게 했다. 사연도 많고 한도 많은 험준한 고갯길을 피해 험한 태백산맥을 쉽게 넘을 수 있게 되었으니 얼마나 감사한가.

좋은 세상에 살고 있음이다. 세상만사가 다 이렇게 잘 풀렸으면 하는 생각을 가져 보았다. 자연의 숨결에 맡기고 각자의 가는 길이 이렇게 탄탄대로였으면 하는 바람이 욕심일까?

산허리가 높아짐에 따라 공기도 확연히 달라졌다. 창문을 열었다. 청정한 숲에서 스며드는 신선한 공기는 가슴이 탁 트이는 것 같았다. 맑은 공기로 호흡을 하니 머리가 맑아지는 것도 느낄 수 있었다. 추억의 발자취가 남겨질 만한 순간들이었다.

대관령으로 향하는 도로의 고도가 점점 높아지고 있었다. 해발 500m, 600m 표지판의 숫자가 오를수록 귀가 먹먹해졌다. 항공기를 타고 상승할 때 처음 경험한 현상과 비슷했다. 그때를 생각하면 지나가 버린 과거지만 나름으로 설렘이 있었다.

횡성터널이라는 이정표와 해발 890m라는 표지판이 보였다. 좀 더 빠르게, 좀 더 편리를 주기 위해 만들었겠지만 만들 때 얼마나 어려움이 많았을까? 기술적인 것은 접어 두고라도 이렇게 훌륭한 터널을 만들어 통행하게 한 정부에 박수를 보내고 싶었다. 참 좋은 시대에 살고 있음을 상상하며 터널을 빠져나오자 아름다운 산세는 더욱 웅장하게 드러났다.

정상이 가까워짐을 암시하고, 동해가 멀지 않았음을 느끼게 했다. 그리고 2~3분 달렸을까. 차들이 밀리기 시작하고 안개가 구름 지나듯 스치는데 운치가 있었다. 역시 경관이 빼어나다는 생각으로 감상하는 것도 잠시였다.

안개의 징후가 심상치 않았다. 방향감각 없이 일기 시작한 안개가 조금씩 더해가더니 급기야 도로를 감싸기 시작했다. 허를 찌른 안개는 보이는 것들을 모두 품 안에 안아 하나의 회색 세상을 만들었다. 틈을 보이지 않고 밀려드는 위력에 자동차의 기능이 모두 상실되는 듯했다. 차량 행렬은 걸음보다도 더 느릴 정도로 속도를 줄였다. 풍자적인 산수에 대해 청정함이나 신선함이나, 풍경보다는 회색 안경을 끼고 있는 듯 마음이 답답해졌었다. 슬슬 따분한 생각마저 들었다.

예기치 않은 역경에 처할 때 어찌해야 할까? 긍정적인 마인드로 평상심을 유지하는 것이 중요하다. 두려움을 내려놓고 냉정하게 대처하려는 마음가짐이 필요할 때라 생각되었다. 우리의 삶도 이렇게 꽉 막힐 때가 있다. 그럴 때면 그 답답함은 겪은 사람만이 느낄 수 있는 감정이다.

심리적 여백을 기쁨과 즐거움으로 채우고자 했던 여정이 미지의 세계로 끌려 들어가고 있는 것 같았다. 웅장하고 아름다운 풍경도, 일그러진 기분과 함께 사라졌다. 낮은 사라지고 밤이 되돌아 온 느낌이었다.

어려운 처지에 처해보아라. 그래야 세상 살아가는 쓴맛도 알 것이라 이르는 듯도 했다. 신중을 기하지만 마음이 작아질 데로 작아져 불안은 가시지 않았다.

브레이크 페달을 밟았다 떼었다를 얼마나 반복했을까? 발에 감각이 무디어질 무렵, 많은 시간을 허비하여 대관령 휴게소 주차장에 무사히 도착했다. 앞뒤가 보이지 않으니 주차하는데도 어려움이 많았다. 관리하시는 분의 요란한 호루라기 소리와 춤추듯 빠르게 움직이는 붉은 손전등이 그 상황을 대변하는 듯했다. 그래도 어찌어찌 주차를 하고 나니 한숨이 절로 나왔다. 뻐근해진 몸을 다스리고자 운전대를 놓지 않고 명상하듯 잠시 쉼을 청했다. 짧은 쉼을 멈추고 나와 화장실을 향해 몇 발자국 가다 뒤돌아보니 승용차가 보이지 않았다. 바로 옆 사람마저 잘 알아볼 수 없을 정도이니 말해 무엇하랴.

눈이 있어도 보이지 않으니 더듬거릴 수밖에, 귀가 눈이 되어 두런거리는 말소리 따라 화장실을 찾아 들어갔다. 화장실에 들어서니 전등불에 주변이 환하게 들어왔다. 살 것 같다는 표현이 옳을 듯했다. 세상을 깨우친 분들의 심정이 이러할까? 무사히 휴게소에 도착한 것만도 감사할 뿐이었다.

볼일을 마치고 손을 씻으니 물이 차가워 정신이 번쩍 들었다. 싱그러운 마음도 일었다. 시작이 있으면 끝이 있다고 했던가. 흩어진 머리카락을 매 만지며 화장실을 나오는데 눈이 부셨다.

아! 이럴 수가! 아니! 이런 일이! 이것은 또 무슨 조화인가.

안개가 사라졌다.

주변을 살피니 안개 무리는 멀지 않은 산봉우리를 가로질러 시야에서 멀어지고 있었다. 자신도 모르게 탄성이 나왔다. 주차했던 사람들이 갈 길을 재촉하는 것이 아니라 멀어져가는 안개를 바라보며 환호하고 있었다.

영화의 한 장면을 보는 것 같았다. 분명 영화는 아니었다. 눈으로 직접 보았다.

화장실에 들어갈 때 한 치 앞을 볼 수 없을 정도로 자욱했던 안개가 볼일 보고 밖으로 나오니 흔적 없이 멀리 사라지고 있었다. 마술을 감상하는 것이 아니고 깜짝쇼를 보는 것도 아니었다. 밤과 낮이 순간에 바뀌는 것을 보았다. 육십여 년을 넘게 바쁘게 살아오면서 운무 현상이란 말만 들었지, 눈으로 보기는 처음이었다. 그러한 장관을 또 볼 수 있을까? 그러한 행운은 두 번 다시 오지 않을 것 같았다. 안개가 좋아진 고속도로 역할을 못 하도록 만들어버린 위력에 무기력한 인간의 한계를 절감하는 경험이었다. 어찌 잊을 수 있겠는가.

텔레파시

통행금지가 있었던 시대였으니 젊을 때이다. 젊음은 노인에게는 건너온 강이고, 지금 건너고 있는 사람도 있을 것이고, 또 미래 세대는 꼭 건너야 할 강이다. 안개 속에 가려진 그 강을 어떻게 건너느냐는 자신의 몫이니 인생은 참 냉정하다.

흐르는 강물 따라서 순리에 적응하며 사는 이도 있을 것이고, 강물에 역류하면서 삶의 배에 노를 젓느라 어려움을 겪는 이도 있을 것이다. 힘든 삶을 사는 이들 중에는 강물이 흐르는 대로 편승하여 순탄하게 삶의 노를 젓는 이도 있을 것이며, 역류의 거센 물살에 고난을 헤쳐나가며 자신의 처지를 한탄하는 이도 있을 것이다. 그럼에도 어려움에 직면했을 때 타인과 견주지 않고 세운 삶의 목표를 향해 스스로 이겨나간다면 쉽게 어려움에서 빠져나올 수 있을 것이다.

젊음의 강물을 건너온 나로서 어찌 회한이 없을까. 지금 생각하면 입사 초임 시절을 잊을 수 없다. 천차만별의 젊은 시절, 누구나 화려한 꽃길을 꿈꾸는 것은 당연한 이치다. 패기와 열정으로 불의와도 타협하지 않으며 건너뛸 수 있다는 자신감은 두려움을 없애는 요인이 되었을 것이다. 그런데 세상이 만만하지 않음을 체득하는 데는 그리 오랜 시간이 걸리지 않았다.

신입사원으로서 업무에 익숙하지 않아 모든 게 서툴렀다. 하는 일마다 선임자에게 물어가면서 업무를 처리하였으니 능률이 오르지 않았다. 하루하루가 어떻게 지나가는지, 생각과 다르게 마음만 앞섰으나 일의 늪에서 벗어나지 못했다. 자연 퇴근 시간이 늦어지기 시작했다. 늦어지는 만큼 힘들고 괴로워 지치는 날도 늘어났다.

그러던 어느 날 직원 모두가 연장 근무를 하고 나서 늦은 퇴근을 서두를 때이다. 집이 제일 먼 내가 퇴근하겠다고 인사하니 선임자가 기다렸다는 듯이 남으란다. 오늘은 회사에서 회식비를 주었으니 한 사람도 가지 말고 저녁을 함께하고 가란다. 마음 써주신 회사가 고맙긴 하지만 통행금지 시간 때문에 선뜻 내키지 않았다. 그렇다고 거절할 수 있는 위치가 아니었다. 마음이 가볍지는 않았으나 '설마 괜찮겠지.'라는 심정으로 회식 장소에 따라갔다.

아무리 감정을 숨기려 해도 그러한 경우에 처하면 얼굴에 표정이 나타나기 마련이다. 굳어져 있는 감정선을 눈치챈 선임자 한 분이 "얼굴을 펴라. 걱정한다고 달라지는 건 없다. 집에 가는 것은 내가 알아서 해줄 테니 걱정 말라."고 안심을 시켜주었다. 마음은 참 묘한 것이다. 그 말 한마디에 체증이 다 내려가는 것 같아 마음이 편안해졌다. 그 말을 듣기 전과 후의 마음은 동전의 양면 같다고 표현하면 너무 과한가? 마음을 알아주는 하나만으로 그 선임자는 리더의 덕목을 갖추고 있는 듯했다.

회식은 주류를 곁들여 화기애애하게 진행되었다. 그런데 시간이 흐를수록 불안해지기 시작했다. 바로 끝날 줄 알았던 회식은 알코올의 유혹에서 벗어나지 못하고 이어져, 나는 통금시간에 가까울수록 초조하고 불안해지기 시작했다. 다들 어떻게 귀가하려고 저리 태평들인가? 물어볼 처지도 아니기에 불편한 심기를 드러낼 수도 없었다. 더 머뭇거리다가는 통금에 걸릴 것 같아 용기를 내어 먼저 일어나겠다고 했다.

"무슨 소리야 같이 왔으면 같이 가야지."라고 할 줄 알았는데 순순히 그러란다. 인사를 하는 둥 마는 둥 하고 빠르게 자리에서 일어나 버스 정류장으로 달려갔으나 막차는 떠난 지 오래다. 택시를 타려고 했으나 그것마저도 쉽지 않았다. 길에는 택시를 타려는 사람들로 붐볐으나 가끔 한 대씩 오는 빈 택시는 어수룩하고 돈이 될 만한 승객을 고르는 것 같았다. 서로 타겠다고 밀고 밀치는 아수라장 속에서도 날래게 차를 타는 사람은 따로 있었다. 능숙한 손짓의 제스처로 기사와 교감하여 주변 사람들을 따돌리고 차에 오르는 것을 보며 기이하게 여겼다.

차에 오르는 사람의 행동을 보면 분명 다른 점이 있었다. 뭘까? 저것도 노하우일까? 차를 빨리 잡아야 한다는 생각과 차를 빨리 잡는 사람들의 행동을 주시하게 되었다. 그러나 마음뿐 눈치채기 어려웠다. 부질없는 욕심일까? 생각하는 순간 빈 택시가 멀리 보이는데 사람들의 손가락이 달랐다. 사람에 따라 두 개와 세 개를 폈다 오므렸다 반복하는 것이 눈에 띄었다. 저건 또 뭐지? 모르는 것은 손에 쥐여주어도 모른다고 했던가. 그렇다고 저 짓이 무어냐고 물어볼 수도 없었다. 그래도 머리 회전이 빨라 아, 2배, 3배? 과녁은 정확히 맞았으나 한숨이 목을 타고 넘어가지 못하고 기침이 나왔다. 낯선 풍경이지만 한편으로는 그런 그들이 부럽기도 했다. 저들은 현장 경험이 많은 사람들이다. 그러기에 이론은 경험을 앞설 수 없다 했나 보다. 하기야 고기도 먹어본 사람이 잘 먹고 돈도 써본 사람이 잘 쓴다지 않은가.

난감한 상황에 어찌 할 바를 모르고 있는데 누군가 다가와서는 얼굴을 펴라고 했다. 바로 선임자가 다가와서는 잠깐 기다리라고 했다. 그리고는 멀리서 오는 빈 택시를 보더니 순간 명상 같은 것을 하더니 저 택시를 타란다. 허풍 소리로 들렸다. '귀신 씻나락 까먹는 소리'라고 여겼다. 그런데 무슨 조화인가 그 택시가 내 앞에 와서 멈추는 게 아닌가. 좌우 살필 필요도 없이 타고 귀가할 수 있었다. 얼마나 경황이 없었으면 선임자에게 감사하다는 말 한마디 못 하고 돌아와서는 나 스스로를 많이 책망했었다.

텔레파시가 무엇인가. 두 사람 사이에 물리적인 의사 수단이나 행동 없이 생각이나 감정을 주고받는 능력이나 현상을 이름함인데 그 현상을 처음 목격했을 때는 우연의 일치라고 믿지 않았다. 회사에 적응하면서 동료들과 어울려 늦는 경우가 잦다 보니 손가락 두 개, 세 개 펴는 것은 자연스러워졌고 더 나아가 텔레파시를 하는 선임자가 존경스러워 보였다. 그런데 그 후로도 한두 차례 그러한 광경을 목격했으나 처음 같이 한 번에 되지는 않았었다 얼마 지나지 않아 그 선임자는 회사를 떠나게 되었고, 그 뒤 연락이 끊겨 아쉬움이 많이 남았다.

나는 지금 그 선임자의 텔레파시를 믿는다. 어쩌면 우리 삶에서 응용되고 있는 지피에스의 효시가 텔레파시가 아닐까.

4

기적일까,
은혜일까

발품을 팔아라

자주 걷는다. 건강하고 싶어서다.

나이 들어 몸이 부실해지니 어떻게 사는 게 지혜롭고 현명한 삶일까에 대한 자구책이다. 자꾸만 부실해지는 몸의 기능 따라 움츠러들고, 마음은 세월을 거슬러 젊어지겠다고 하니 별수 없잖은가. 더구나 건강에 대해 한마디씩 하시는 분들이 나이가 들어갈수록 걸으라 하니 따를 수밖에. 하기야 방송에서도 건강 프로가 많이 있어 관심만 두고 시청하다 보면 얼마든지 좋은 정보를 접할 수 있는데 많이 걸으라고 강조하는 추세이다.

사실 건강에 대해서는 이 사람 말을 들으면 이 사람 말이 옳은 것 같고, 저 사람 말을 들으면 저 사람 말이 맞는 것 같으니 정답이 없는 것 같다.

그래서일까? 지혜 있는 사람들은 몸 상태에 따라서 알맞게 걸으라는 조언을 아끼지 않는다. 걷는 것뿐 아니라 모든 것이 감당할 수 있어야 하며, 과유불급이라고 분수에 넘치면 오히려 해가 될 수 있음을 주지하라 이르기도 한다.

20여 년 전에 모임에 오시는 연세가 지긋한 원로 한 분에게 "걸어오시기에는 먼 거리이니 차를 타고 오지 왜 걸어오시느냐?"고 여쭌 적이 있었다.

"이 사람아! 10분이면 걸어 올 수 있는데 왜 쓸데없는 낭비를 하나. 남아도는 시간 운동 삼아 걸어오면 근육 살 올라, 정신 건강 좋아지고, 원유 한 방울 안 나오는 나라에 기름 아끼고, 젊은 기사 본인 볼일 보게 하고, 얼마나 바람직한가. 젊은 사람이 발 튼튼할 때 걸어 다녀 봐. 좋아. 내 나이쯤 되면 알게 될 거야. 가르치지 않아도 보이고, 느끼고, 감이 와. 그때는 아! 하고 한숨도 나오지. 허투루 듣지 마!"

말씀하시는 원로의 삶에 대한 잣대가 우리와 다름을 자각하는 계기가 되었다. 단 한 순간도 헛되이 살지 말라는 훈시 같기도 했으며, 앞으로 나갈 방향을 제시하는 지침의 말씀이기도 했다. 말씀 속에는 세상을 잘 살아나갈 열쇠가 들어 있었다. 그분의 말씀이 한동안 뇌리에서 떠나지 않았다. 그러나 시간이 흐를수록 그 말씀은 망각의 다리를 건너 잊혔다.

그 후 세월이 흐르고 나이가 들다 보니 이곳저곳이 부실해 병원 찾는 횟수가 늘어나기 시작했다. 머리카락 하얘지면 따라서 몸이 부실해지는 것은 당연한 이치이거늘 받아들이고 살아야 하는데 그에 순응하지 못하고 항상 아프지 않고 건강하고 싶은 것이다. 병원에서도 진찰하다가 빼놓지 않는 말이 있다. 건강에는 걷는 것만큼 좋은 것이 없다며 걸을 것을 권한다. 지향적인 삶을 살라는 것일 게다.

그래서 몇 년 전부터 가까운 곳은 걸어서 다니다 보니 오래전에 그분이 하셨던 말씀이 생각났다. "내 나이 되어 봐, 가르치지 않아도 다 알게 될 거야."라던 그분의 말씀이 구구절절 피부에 와닿았다. 특히 세월 따라 건강에 먹구름이 끼기 시작하니 누가 걸으라 하지 않았음에도 은연중 걷게 되고, 좀 거리가 먼 곳이라도 시간적 여유가 있으면 발품을 팔겠다며 피하지 않았다.

발품을 팔다 보니 의외로 두루 살필 수 있는 부분도 있어 소소하지만 얻어지는 것이 있었다. 금전적인 것은 제외하더라도 마음에 여유가 있어, 보는 것이 새롭고, 걸으면서 명상하는 것도 가외 소득이 되는 듯했다. 허공을 자주 바라봄으로써 푸른 바닷가를 연상해 마음이 넓어지는 느낌도 들었다.

겨울 해가 짧은 어느 날 지인과 약속이 있어 여유 있게 출발했는데 지는 해는 서둘러 아름다움을 감추었다. 땅거미가 내려앉자 잠잠했던 바람이 심술을 부렸다. 기온이 내려가니 체감온도는 더 싸늘해졌다. 그렇더라도 보행을 방해할 정도는 아니어서 내 방식대로 좋은 법문을 암송하며 걷기 시작했다.

걸으면서 생각하니 젊은 시절 발품을 많이 팔았던 기억이 암송하는 법문을 멈추게 했다. 아, 그때 지금과 같은 마음으로 살았다면 운동하는 게 중요한가, 운동한 후가 중요한지를 살폈을 것 같다. 그랬더라면 투덜거리지 않고 감사한 마음으로 걷기에 힘썼을 것이고 따라서 능률도 올랐을 게 아닌가 싶다. 호텔 실내장식에 필요한 자재를 구입하러 다닐 때, 발을 혹사시키면서 힘이 되는 말보다는 해가 되는 불평을 쏟아놓으면서 다녔던 기억이 스멀스멀 올라왔다.

연회장에 사용할 조명기구를 사려고 다녔을 때였던가. 마음에 드는 것은 예산에 맞지 않고, 값이 저렴한 것은 성에 차지 않아 조명 상회를 수없이 드나들면서 필요한 조명기구를 찾아다니느라 같은 길을 몇 바퀴나 돌았다. 나중에는 다리가 아파서 휴! 한숨을 내쉬면서 '내 꼴이 이게 뭐람!' 하고 한탄스러운 푸념을 했었는데 지금 반추해 보면 발품을 잘 못 팔아 나온 한숨이었지 싶다.

허투루 살지 않았더라도 '아!' 하고 느꼈던 그때의 감정대로 운동이라 여겼다면 한숨보다는 뚜렷한 결과를 얻겠다는 신념이 서지 않았을까 하는 생각이 들었다.

지혜는 빌려 쓸 수 있어도 건강은 빌려 쓸 수 없다는데, 이 순간 걷는 것만으로 에너지가 충전되는 듯하다.

어떻게 사는 삶이 잘 사는 삶인가. 지치고 힘들더라도 티 내지 않고, 남의 손가락질 받지 않고, 인색하다는 소리는 듣지 않고 곱게 익어가려면 잘 걸어야 하겠다. 걸을 때 보폭을 10cm 넓게 걸으라고 한다. 특히 꾸준히 하는 것이 중요하다며 하루 30분이라도 쉬지 말라는 간접적인 타이름도 도움이 되지 싶었다.

실천해보자. 마음만 먹으면 발품을 팔아 건강을 챙길 수 있는 둘레 길이 전국에 많이 만들어져 있고, 가깝게는 공원이나 동리 공터에 운동기구가 설치되어 있으니 자신에게 맞는 운동을 할 수 있는 세상이다. 얼마나 좋은 나라인가.

이런저런 생각으로 걷다 보니 약속장소가 눈앞에 보인다. 발품을 팔아서 왔으니 그만큼 건강은 자연히 따라왔으리라.

기적일까, 은혜일까

인연

　사람마다 다르겠으나 소멸해가는 현재의 삶을 아름답게 가꾸려면 어찌해야 할까. 지난날의 낡은 사고로부터 벗어나야 하지 않을까. 아니, 좀 더 밝고 미래지향적인 쪽으로 승화시켜야 하지 않을까?

　그러기 위해 무언가 해야 할 텐데 그것이 무엇일까?

　지난 과거는 잊으라 하지만 과거에서 알아야 할 것이 있다면 굳이 덮어둘 필요가 있겠는가. 그래서 빛바랜 메모를 펼쳤다.

　2023년 5월 25일이다. 벌써 30년이 지난 일이다.

　메모는 노트 5장을 뜯어 그때의 상황을 기록하여 은밀히 잠재워 놓았었다. 체면의 굴레 때문에 누구에게도 보이고 싶지 않았고, 들춰내기 싫은 사연이기에 숨길 수밖에 없었다. 그러나 삶의 무게가 황혼으로 시들면서 그 또한 시절의 인연을 따라 점철된 은혜로운 인생길의 한 부분이었음을 인정하게 되었다.

일상의 거칠고 험난한 일들과 마주하면서 까마득하게 잊은 줄 알았는데 메모를 펼치자 한숨이 앞서더니 회한의 눈물이 그렁그렁 했다. 축적되었던 잠재의식은 마음의 성장이 멈추기 전에 한 번쯤 들출 줄 알았다는 듯이 먼 하늘을 응시하고 있었다.

1993년 5월 25일 밤, 참으로 암담하고 침울한 날이었다.

어찌 이런 일이?

어떻게 헤쳐나가라고?

왜 나에게 청천벽력 같은 불행이?

메모가 남긴 기록은 다시 보아도 넘침은 모자람만 못하다는 것을 깨우치게 했다. 참으로 수습하기 힘든 뇌관을 왜 건드려 터트렸을까? 이유야 없을까만 딱하다는 말밖에 다른 표현이 없을 듯했다. 미련 없이 세상을 떠날 상황도, 나이도 아니었기에 더욱 참담한 마음이 들었는지도 모른다.

그러나 한편으로는 죽지 않고 살았음에 은혜로운 날이기도 했다. 마음대로 할 수 없는 것이 목숨이라지만 70억 명 중에 하나뿐인 생명이니 그것 하나만으로도 소중하고 귀한 존재가 아니던가.

염라대왕이나 명부사자의 실수라 해도 생명의 불씨가 꺼지지 않았으니 얼마나 다행인가. 태어났으니 언젠가는 죽을 것이다. 그런데 그날이 오늘은 아니니 얼마나 축복인가. 지금 겪고 있는 아픔과 고통이 아무리 힘들더라도 죽음과 맞바꾼 생명이기에 스스로 견뎌야 할 몫이었다.

세상사가 다 마음대로 되지 않는다고 하지만 상식적으로 이해할 수 없는 행동 속에는 무지와 탐욕과 아집이 도둑처럼 숨어 살다가 기회라고 여기는 찰나 불가항력의 순간을 맞게 한 것이다. 잘못은 언제든지 일어날 수 있다 하더라도 너무나 비참해 신이 있다면 신을 원망하고 싶었었다.

그러나 살다 보니 세월이 많이 흘렀다. 두 번 사는 목숨이라 생각하고 잘 살려고 노력했으나 그 또한 마음뿐인 듯싶었다. 다만 구조대원과 무슨 인연이 있었기에 도움을 받았을까. 의료진들하고는 어떠한 인연이 있었기에 치료의 손길이 닿았을까. 견뎌온 시간들을 생각할 때 어찌 어려운 일이 없었을까만 지금까지 버틸 수 있도록 마음을 합해 준 인연들이 감사할 뿐이었다.

삶을 포기하고 싶은 순간도 있었고, 남을 원망하며 눈물을 흘렸던 때도 있었고, 암흑의 밤을 보내면서 스스로 자책하며 또 한편으로는 자신에게 희망의 메시지를 띄우기도 했었다. 그러나 자신의 존재가치를 인정하기까지는 상당한 시간이 걸렸다. 세상사가 모두 시간이 해결해 준다고 했던가. 시간이 지나 메모지를 천천히 살피다 보니 모두가 은혜 넘치는 손길이었다. 또한 그 뇌관이 터질 수밖에 없었던 우매한 행동도 삶의 여백에 남겨 두어야 했다.

기적일까?

기적이라는 게 있을까?

죽음의 문턱에서 그 문턱을 넘지 않았다면 기적인 걸까?

일본에서 오신 신 사장님과 저녁 식사 후 주석(酒席)이 마련되어 술자리가 무르익고 있었다. 누구에게도 방해받지 않고 싶은 시간 이었다. 그런데 서울 집에서 전화가 걸려 왔다. 반가운 나머지 얼 른 수화기를 들었다. 수화기를 타고 온 소식은 작은집 당숙께서 할 머니를 모시고 집에 오셨다는 것이다. 정말 반가운 소식이었다. 뵙 고 싶은 할머니, 좀처럼 집에 다녀가시기 힘든 당숙께서 함께 오셨 다는 한마디에 마음이 흔들렸다.

지중한 분과 술잔을 기울이다가 서둘러 파하는 건 조금은 거북 하고 걸리는 구석이 없지는 않았으나 마음은 이미 서울로 향하고 있었다. 다른 생각이 끼어들 여지가 없었다. 피할 수 없는 선택을 하면서 양해를 구하는데 선뜻 다녀오라고 응해 주셨다. 감사한 마 음을 안고 자리를 떴다. 그러나 인간이기에 후에 강력하게 저지해 주셨더라면 하는 후회가 일기도 했다.

서울에 조모님이 오셨으니 가보아야 한다며 현관문을 나서자 직 원들이 깜짝 놀라며 술을 많이 마셨으니 내일 가라며 극구 만류하 는 손을 뿌리쳤다. 오직 할머니와 당숙을 뵈어야 한다는 일념뿐이 었다. 직원들의 직언을 무시하는 옹졸한 행동이 어떠한 결과를 가 져올 것이란 것을 미처 살피지 못했음이다. 참으로 안타까운 시간 이었다.

관심을 준 것만으로도 감사해야 할 일이었다. 그런데 끼어들지 말라고 손사래를 치며 무리하게 고집을 부렸다. 죽으려면 뭔 짓인들 못 하겠나. 이미 주체적인 사리 분별이 흐려졌음이다.

흐려진 정신은 불행의 불씨를 품고 있었다. 이제 더는 남의 말이 귀에 들어오지 않았다. 결국 승용차에 몸을 실었다. 그리고 서서히 액셀러레이터에 힘을 가했다.

음주운전을 하면서도 정신만 잘 차리면 문제없다며 긴장을 늦추지 않았다. 그러나 말이 정신을 잘 차린다는 것이지 알코올이 그 뜻을 받아주겠는가. 아니다. 오히려 호재를 만났다고 정신을 흐리게 하고 행동을 무디게 했다.

자승자박, 제 몸에 스스로 알코올이라는 올가미를 씌워 행동을 옥죄게 했으나 전혀 눈치채지 못하고 잘 가고 있는 것으로 착각하게 했다.

실수하고 싶어서 하는 사람은 세상에 없을 것이다. 그렇다고 실수하지 않은 사람이 어디 있을까. 그런데 그 한 번의 실수가 인생을 그르칠 수 있음은 명심할 일이다. 성공한 사람은 거듭되는 실수에서 배우고 익힌다고 한다. 실수를 거울삼아 다시 반복하지 않으려는 노력이 수반되었을 때이다.

연륜이 쌓인 사람은 많이 보고 들었을 것이다. 한 번의 실수로 평생 후회하는 사람, 한 번의 실수를 디딤돌 삼아 크게 성공하는 사람, 드물게는 한 번의 실수로 삶과 영원히 이별하는 사람도 목도했을 것이다. 그런데 그게 사람 마음대로 되는 일이던가.

한 번뿐인 인생, 한 번 가면 그만이라는 것을 익히 알면서도 알코올의 유혹을 뿌리치지 못하고 액셀러레이터를 계속 밟았다. 유쾌하게 마신 술 때문일까. 사고와는 전혀 관계가 없다고 판단되었다. 세상이 뜻대로 되지 않는다는 것을 까맣게 잊고 승용차는 서서히 경부고속도로로 진입했다. 고속도로에 진입하여 10여 분 달렸을까? 앞 차 브레이크의 빨간 등이 선명하게 켜지는 것을 감지하고 브레이크를 밟은 기억만이 잔영으로 남았다.

정신이 조금씩 돌아오는 것일까. 몽롱한 정신에 휴! 하고 내뱉는 한숨 소리가 구급차 사이렌 소리에 묻혀 허공으로 스며들었다.

구급차 안에서 의식이 완전히 돌아오지는 않았으나 운전석에서 하는 소리가 간헐적으로 들렸다. 어디를 얼마나 다쳤는지 감이 없었다. 참 묘한 것은 아픈 곳이 한 군데도 없는 것 같았다. 아마도 아픈 곳 없는 게 아니고 몽롱한 정신이 신경선을 누르고 있어 느끼지 못하고 눈만 깜빡거렸다.

어떤 형태로든 뭐라고 반응을 해야겠는데 마음뿐이었다. 희미한 정신은 아무리 추스르려고 해도 한계가 있었다. 그래도 무슨 소리가 들리기에 귀를 기울이니 구급대원들 간에 나를 어느 병원으로 데려갈 것인가, 서로의 의견이 달라서 목소리가 커지니 나에게 뚜렷하게 들렸다. 나는 있는 힘을 다해 모 병원으로 가자는 말이 입 밖으로 나와 소리가 되었다. 인간은 알 수 없는 힘이 있는 듯했다. 그 상황 속에서도 아는 병원 이름을 대며 그곳으로 데려가 달라고 요구했는데 어디서 그런 힘이 솟았을까.

아마도 의식이 전혀 없다고 생각했음인지 그들이 놀란 듯했으나 반응이 냉소적이었다. 이해득실에 따라 자신들이 선호하는 병원으로 옮기고 싶은 마음이 깊이 있었기에 부정적인 반응을 보였던 것일까. 그 병원은 안 된다고 했다. 안 된다는 이유를 묻고 따질 수 있는 상황도 아니었고, 나는 또 정신을 잃었던 것 같았다.

정신이 다시 돌아왔을 때 정확하지는 않으나 내가 가자고 했던 K병원 응급실인 듯했다. 의식이 완전한 상태는 아니었으나 안심이 되었다. 안심되어서일까, 다시 의식이 흐려지는데 주변에서 하는 소리가 들렸다.

간호사와 구급차 기사 간의 대화인 듯했으나 간단했다. 차가 그렇게 부서졌는데 살았으니 기적이다, 명이 긴 사람인 것 같다 등 비몽사몽 꿈속에서 그들의 대화를 들었다. 목숨이 붙어있었기에 들을 수 있는 말소리였다. 또 정신줄이 끊어졌던 것 같았다.

정신이 들었다 나갔다 몇 번이나 반복했는지는 모른다. 누군가가 흔들면서 정신 드느냐고 물었다. 여기가 어디지? 도무지 어디인지 알 수 없었다. 그러나 좌우를 살피다 보니 조금 전 K병원 응급실에 누웠던 기억이 돌아왔다. 그때 또 정신이 드느냐고 물었고 '예'라는 대답을 어떻게 했는지 나도 알 수 없었다. 그리고 몇 마디 상투적인 질문으로 건너뛰는데 정신이 조금씩 선명하게 돌아왔다.

아, 하는 신음소리를 누가 들었을까? 이 일을 어찌한단 말인가. 생지옥이라는 말이 떠올랐다. 지옥이 다른 데 있는 것이 아니라 바로 여기가 지옥 같았다. 나갈 수만 있다면 어떻게든 빠져나가고픈 심정이었다.

침대마다 아픔을 호소하는 속에서 의사와 간호사의 주고받는 소리가 간헐적으로 들리었으나 무슨 말을 하는지는 알아들을 수 없었다.

잘못된 행동으로 넘지 말아야 할 선을 넘고 지금 이렇게 하얀 침대 위에 누워있는 자신이 한없이 원망스러웠다. 그런데 목숨이 붙어있다고 이것이 진정 기적이라 할 수 있을까.

때가 아니란다

돌아오지 못할 강을 건널 뻔했으나 염라대왕과 명부사자가 아직은 때가 아니라며 보내주어 응급실 침대에 누워있었다.

어느 순간부터 정신이 선명하게 돌아왔다. 알만한 분이 오시더니 자신이 누군지 아느냐고 물었다. 고개를 끄덕이자 첫마디가 "기적이네요. 그 상황에서 살아나다니…."라고들 했다. 위로의 말임에도 '기적'이라는 말을 수긍하고 싶지 않았다. 그때 응급실 문이 또 열리는가 싶더니 마른 바람을 몰고 경찰이 다가왔다. 사고조사를 위해서란다. 이것저것 사무적인 몇 마디 묻더니 치료 잘 받으라며 자리를 떴다. 민주 경찰의 단면을 보는 것 같았다. 어리석은 행동 하나로 여러 사람 불편을 주는구나. 여기는 내가 있을 자리가 아닌 것을 어찌할까. 명상 아닌 명상으로 침묵하는데 회한의 눈물이 주르르 흘렀다.

눈물을 닦는데 차례를 기다렸다는 듯이 담당 의사가 와서 몇 군데를 살피더니 간호사에게 몇 마디 물었다. 설명을 들은 의사는 자기들만이 알아들을 수 있는 언어로 주고받더니 입원수속을 하라고 지시한 후 옆 환자 침대로 이동했다. 어디가 얼마나 다쳤는지, 상처의 깊이는 어느 정도인지 궁금해 묻고 싶었는데 환자의 의중은 중요치 않은 듯했다.

의사가 회진을 돌고 나가니 주변도 고요해졌다. 정신이 들수록 고독의 그림자가 길게 드리워졌다. 아직 숨이 멎을 때가 아니었음일까, 남아서 무엇인가 할 일이 남았음일까. 요란한 마음이 참고 참으며 때를 기다린다.

고요한 주변과 달리 형광등 불빛은 정신을 맑혀 불과 몇 시간 전으로 필름을 돌리고 있었다.

삶은 누가 대신 살아주는 것도 아닌데 잘 가꾸지도 못하면서 객기를 부렸으니 그 인연 과보는 감수해야 할 것이다. 방향감각이나 정신을 마음대로 조절할 수 없는 상태에서 운전대를 잡았다. 그 행위 하나만으로도 비난받아 마땅했다. 상식 밖의 행동으로 신중하지 못했음이다. 무모한 음주운전은 결국 교통사고라는 참변을 불러왔다. 그나마 다행인 것은 생과 사의 문턱에서 영혼이 떠나지 않은 것이다. 아마도 불효한 손자를 보낼 수 없어 할머니께서 방패막이가 되어 명부사자를 돌려보낸 것은 아닐까 하는 생각에 또 눈물이 주르르 흘러내렸다. 어머니의 평소 기도가 보호막의 역할을 한 듯했고, 아내의 끊임없는 사랑이 든든한 밧줄이 되어 떠나지 못하도록 잡은 듯도 했다. 아마도 세 여인, 아니 세 고부간의 염려가 아직 떠날 때가 아니라며 침대에 눕혀 놓은 것이 아닌가 하는 생각도 들었다.

영혼은 돌아왔는데 육신은 성한 데가 없음인지 움직일 수 없었다. 그나마 돌아온 정신은 갈피를 잡지 못하고 오락가락하는 속에서 아내의 얼굴이 나타났다 지워지기를 반복하고, 할머니와 가족의 모습이 선명하게 겹쳐져 다시 눈물이 주르르 흘러내렸다. 그 아른거림 속에서 비치는 걱정의 그림자, 뚜렷한 형상은 아니지만, 회사 일에 대한 잔상들이 꼬리를 물고 나타났다 사라지기를 반복하며 어찌할 것인가 묻는 것 같았다. 밤을 꼬박 새웠다. 어찌 잠이 오겠는가. 정말 할 일이 남아, 갈 때가 아니었을까.

병원 침대에서

'응급실'은 글자 그대로 급한 환자가 의사를 우선 차지하는 곳이다. 모두가 급한 환자이지만 의사의 기준에 따라 시간을 다투는 환자가 좀 더 급한 환자로 분류되어 먼저 진료하고 있었다. 아마도 보기에 따라 좀 더 급한 환자를 알아보는 것 또한 응급실 의사의 실력이며 노하우라 여겨졌다.

같은 공간에 각기 다른 환자의 신음소리, 처절한 음향의 고저 여하에 따라 당직 의사나 간호사의 움직임도 그 소리를 따르는 듯했다. 순서를 기다리는 내내 위급한 환자들은 계속 밀려들었다. 얼마나 위급한 환자일까? '빨리 빨리!'를 외치며 구급용 침대를 따라 들어오는데 먼저 와 있는 사람은 안중에도 없었다. 그렇게 얼마를 기다렸을까. 담당 의사라며 다시 왔다. 친절은 기대도 안 했지만 완전히 사무적이었다.

　의사가 치료하기 위해서는 머리카락을 잘라야 한다는 승낙을 구하는 것은 요식행위에 불과했다. 허락하지 않을 환자가 어디 있겠는가. 일방적이었다 할지라도 치료하기 위함이라는데 무슨 승낙이 필요하겠는가. "예!"라는 짧은 대답이 떨어지기 무섭게 머리카락이 잘리며 사각사각 귓가를 스치는데 나는 가만히 눈을 감았다.

　그리고 마취가 되었음일까, 감각이 없었다. 눈을 감고 응시하고 있는 천장은 칠판이 되어 어찌할까를 썼다 지우기를 수 없이 반복했다.

　한참 후에 마취가 풀렸을 때쯤 담당 의사의 말에 온몸이 섬뜩해짐을 감지했다. 머리를 7바늘을 꿰매었다. 머리를 움직이지 말고 만지지도 마라. 머리에 유리 조각이 많으니 털려고 하지 말고 그대로 둬라. 만약을 위해 CT 촬영을 하는 것이니 촬영하고 다시 응급실로 오라기에 순한 양처럼 고분고분 잘 따랐다. 촬영하면서 뇌에 이상이 없기를 빌었다. CT 촬영을 마치고 오니 영상을 확인한 의사가 "다행히 뇌는 큰 이상은 없는 것 같으나 머리에 유리 조각이 많으니 각별히 조심하십시오. 피와 응고되어있는 유리 조각이 머리카락과 서로 엉켜 있으니 특히 조심하고 입원실이 정해지는 대로 입원할 수 있도록 절차를 밟으세요."라고 했다. 죄지은 사람이 판사 앞에서 선고를 받는 기분이었다.

　집에 있어야 할 시간에 병원 응급실 침대에 누워있으니 누가 이해를 하겠는가. 말짱한 정신이 아니기에 초조하고 불안했다. 그래도 구급차 안에서보다는 의식이 선명하게 돌아왔다. 살아 있다는 것이 기적이라고 하는 소리가 심장에 고여 떠나지 않았다. 숨을 쉬고 있는 것만으로도 크나큰 선물이었다. 준비되지 않은 죽음은 가족들에게 슬픔만 안긴다. 아, 가족을 어떻게 대할까. 이런 마음을 알까 모를까. 병원 측에서는 보호자에게 연락하여 입원 절차를 밟으라고 다시 재촉하였다.

어떻게 연락할 것인가? 아내에게 나 이렇게 다쳐 병원에 누워있으니 간호하러 와 달라고? 그렇게 할 수 없는 일이었다. 할 수만 있다면 이 사실을 아내와 가족에게 숨기고 싶었다. 믿음 속에 살아온 세월에 희망은 안겨주지 못하더라도 걱정과 실망을 안겨줄 수는 없었다. 강한 부정의 메시지가 고개를 흔들게 했다.

어찌한다? 할머니 뵈러 집에 간다고 해 놓고 감감무소식에 연락까지 안 된다면, 안 듣고 안 보아도 불을 보듯 뻔한 이치였다. 무슨 일이 생겼다고 충분히 짐작할 수 있는 상황이 되었다. 그러니 수습을 어떻게 할 것인가가 문제였다.

당장에 연락이 안 되면 얼마든지 여러 의문을 살 터이고 의문을 풀기 위해 여기저기 다이얼을 돌릴 것이다. 호텔 전화통이 불이 날 것이다. 처해 있는 형편이 참으로 난감하게 되었다. 더구나 핸드폰이 없을 때이니 걱정은 가중되었다. 걱정이 가중될수록 호텔 전화벨도 몸살을 앓을 것이다. 마침 호텔 직원이 전화를 했다. 자꾸 서울 집에서 전화를 하는데 어떻게 처리해야 되느냐는 물음이었다. 뇌리를 감싸고 있는 걱정들이 현실이 되었다. 풀기 어려운 질문처럼 쉽게 답이 떠오르지 않았다. '사고를 알리지 말라.'는 지시까지 했으니 이러지도 저러지도 못해 애태우는 직원들의 모습이 아른거렸다.

어찌한다, 어찌한다? 중얼거리는 소리를 타고 아주 단순한 한 가닥 희망의 빛이, 악상이 떠오르듯 떠올라 번쩍 눈이 떠졌다.

호텔에 전화를 걸어서 직원에게 부탁했다. 서울에서 걸려 오는 전화를 지금 받는 전화기를 맞대어 통화를 하게끔 해달라고 일렀다. "그게 가능할까요?"라는 물음에 "지금은 그 방법밖에 없으니 그리해 달라."라고 이르고 전화 오기를 기다렸다. 오래지 않아 전화가 왔고 소리가 좀 약하기는 했지만, 아내의 의심을 피할 수 있어 일단 위기를 넘겼다.

병원측에게도 내일 퇴원하여서 통원치료 받겠다고 하니 담당 의사가 기가 찬 표정이었다.

"머리를 일곱 바늘이나 꿰맸어요. 머리에 피와 엉켜 있는 유릿가루가 위험을 도사리고 있는데 정신이 있어요?"라며 참 어이가 없다는 표정이었다.

그때 나는 진행하고 있는 프로젝트가 있어서 침대에 누워있을 형편이 아니었다. 가까스로 담당 의사를 설득하여 퇴원 수속을 밟았다. 그리고 다음 날 일단 숙소로 퇴원했다.

숙소로 돌아오다

숙소에 돌아와 몇 가지 일을 처리하고 잠시 누웠다. 허탈한 심정이 꿈이었으면, 아니 환상이었으면 했다. 그러나 꿈도 아니요 현실이었다. 또 눈물이 주르르 흘렀다. 누워만 있을 수 없어 일어나는데 이게 뭐야. 베개에 유릿가루가 가득했다. 섬뜩했다. 다행히 피부에 유리 조각이 침범하지는 않았다. 아, 이 일을 어쩐다. 걱정한다고 풀릴 일이 아니건만 걱정 속에서 밤을 맞이했다.

밤이 깊어져도 잠을 이룰 수 없었다. 이리 뒤척 저리 뒤척일 수도 없었다. 미라처럼 꼼짝 않고 누워있어야만 했다. 움직이면 머리에 유릿가루가 박힐지도 모르니 유리 조각이 다 없어질 때까지는 각별히 조심하라는 의사의 말이 어떠한 것임을 알았기에 더욱 유념할 수밖에 없었다.

캄캄한 허공에 천장도 허공처럼 암흑이었다. 암흑을 응시하고 있으니 인생이란 하나의 수수께끼를 풀어가는 과정이라 생각되었다. 이 문제도 내가 감당해야 할 과제였다. 쉽지 않았다. 그러니 생각할수록 아무리 생각해도 어처구니없는 잘못이 뼛속까지 파고들어 눈물이 하염없이 주르르 흘렀다.

입원도 하지 못할 나의 처지가 참으로 처량했다. 이 일을 어찌 감당해야 풀어갈 수 있을까. 자기가 빠진 구덩이에서 하늘을 쳐다본들 무엇이 보이겠는가. 맑은 밤하늘이라면 별빛이라도 보이련만 그도 구름이 가린 격이 되었다. 스스로 한심하다는 마음을 지울 수 없었다.

집도 걱정, 회사도 걱정이었다. 그때로 돌아간다면 결단코 하지 않았을 나의 무모함을 후회한들 뭐하랴. 그 시린 감정을 덮어야 했다. 남들이 알 수 없게 해야 한다는 그때의 상황은 강추위보다 더 깊게 가슴이 시렸다.

입원해야 한다는 병원 측을 설득하여 응급실을 나와 바로 숙소로 돌아온 것을 잠시 후회도 했으나 앞에 놓인 난제들을 생각하며 마음을 다잡았다.

호텔로 전화해서 수화기로 들어오는 음성을 다른 전화를 사용하여 숙소로 연결하게 했다. 호텔에서 근무하며 직접 받는 것처럼 한 위장 전화는 가족을 감쪽같이 속일 수 있었다. 직원에게 어제 출발하려고 할 때 갑자기 급한 중요한 일이 생겨 떠나지 못했다며 선의의 거짓말을 하도록 하고, 어떠한 일이 있어도 교통사고가 났다는 말이 나오지 않도록 당부했다. 마음이 편하지는 않았으나 선의의 거짓말이 통함으로써 애써 위로로 삼았다.

그러나 그 속임이 얼마나 가겠는가. 오래 가지 못할 것이라는 건 충분히 예측하였다. 그렇더라도 얼마 간이라도 아내의 의심을 벗어나 치료를 받고 프로젝트를 수행할 수 있었다. 중간중간에도 내복 때문에 내려오겠다는 것을 이 핑계 저 핑계로 따돌리니 점점 의심이 깊어졌던 것이다. 그도 그럴 수밖에. 일주일 늦어도 2주일 한 번 집에 들러 내복을 바꿔오는데 아무리 일이 있더라도 그 기간이 길어지니 의심하지 않을 사람이 어디 있겠는가. 하물며 아내의 처지에서는 여러 생각이 교차했을 것이다.

매일 잠에서 깨면 우선 놀란다. 그도 그럴 것이 베개에 떨어진 유릿가루에 정신이 바짝 든다. 세상에 이 속에서 잠을 어떻게 잔 것일까. 신기하기도 하고 놀랍기도 했지만 잠이라는 생물학적 행위를 다시 생각하게 했다. 매일 반복되는 생각은 의사의 주의사항이었다.

피와 유릿가루가 범벅이 된 머리카락을 신주 모시듯 해야 하고, 눕고 일어나려면 모든 신경이 머리에 쓰였다. 특히 누웠다 일어났을 때 베개에 쏟아져 있는 유릿가루는 위험인자로 받아들이기에 충분했다. 그럴 때마다 불안이 가중되어 공포감이 엄습했다. 그러니 몸에 난 상처는 아픈 줄도 몰랐다. 교통사고 후유증을 피부로 체감하며 하루하루를 보냈으니 그 하루가 얼마나 길었겠는가. 나이 들면 하루가 빨리 간다는데 숙소의 하루는 왜 그렇게 긴 것일까.

어느 순간, 나도 모르게 머리에 손을 댔는데 유리 조각이 손에 박혀 서둘러 병원에 갔더니 그래서 입원하라고 한 것이라면서 고집을 피웠으니 감수하란다. 아니면 지금이라도 입원을 하라기에 열심히 치료받겠다는 약속을 하고는 숙소로 돌아왔다. 그날부터 약 2주간을 유리 조각에 시달려야 했다.

기획안

사소한 것 같지만 결코 사소하지 않은 것이 있다. 하나의 기획서가 만들어지기까지 어떠한 생각과 마음으로 접근해 가느냐에 따라 성공과 실패의 요인이 된다. 쉽다고 방심하거나 게으름을 피우면 결과의 추는 실패 쪽으로 기운다. 그러니 어찌 방심하고 게으름을 피울 수 있으랴.

양고기 판매에 대한 기획안이 완성되기까지는 관계자의 지혜가 모여 공유함으로써 뿌리가 내리고 줄기가 뻗어 열매가 맺었음이다. 하루 이틀에 맺은 열매가 아니다. 몇 개월을 살피고 다듬은 그 노력을 물거품으로 만들 수는 없었다. 그 열매를 따지 못하면 기획안은 상하고 썩게 된다. 그래서 병실에 누워있는 건 상상할 수 없었다. 믿음이 무너진다면 어떤 결과가 기다린다는 것은 불을 보듯 뻔했다. 나 자신의 문제로 주변 사람과 직장에 피해를 입히는 우를 범할 수 없었기에 입원실 대신 숙소를 선택했다.

양고기 전문점을 기획할 때 주안점을 두었던 것은 남이 하는 것을 따르지 않겠다는 것과 원가였다. 판매 가능한 많은 종류의 메뉴를 선정하여 고객의 취향에 맞추어 많이 판매하는 것을 목표로 추진하였는데 그 과정에서 이윤추구에 있어 훨씬 많은 문제가 대두되었다.

그래서 단일품목 일품요리에 맞는 메뉴를 찾다가 양고기를 선택하였는데 기획과정에서부터 많은 어려움이 있었다. 처음 가는 길이기에 자료가 부족해 자료 수집하는 데만도 시간이 오래 걸렸다. 또한 양고기에 대한 특성이나 수입 노선을 몰라 애를 먹었다. 특히 부위별 선택과 품질에 대한 노하우가 없으니 준비시간이 배로 늘어났다. 더불어 기획에서 빼놓을 수 없는 것이 가스설비와 식탁 선택이었다. 지금 같이 다양하면 어려움이 없었을 테지만 그때는 공장에 가서 직접 제작해야 하는 시절이었기에 더 많은 연구와 공부를 해야 했다.

여러 공장을 찾아다니다가 우연히 모 회사 중역은 만난 건 행운이었다. 연기를 재사용할 수 있는 기구를 만들기 위해 연구하신 분이었는데 그분의 도움으로 많은 것을 배우게 되었고 좋은 결실까지 얻을 수 있었다. 그때는 한국에서는 양고기를 판매하는 곳이 없어서 우리가 처음 시도하는 것이기에 왜곡해서 바라보는 시각도 간과할 수는 없었다. 잘못 홍보되어 문제가 제기되고 불미스러운 상황에 접하게 되면 일을 그르칠 수 있기에 고심을 거듭할 수밖에 없었다. 그래도 자고 나면 유리 조각이 수북이 떨어진 베개를 내치지 않고 거둔 결과가 성공적으로 마무리되었기에 보람을 받아 안았지 싶다.

아내의 눈물

감춘다고 감추어질 수 있는 문제가 아니었다. 양파껍질 벗겨지듯이 두세 겹 벗겨지면 필시 드러나게 되어 있던 사고였다. 그러기에 항상 마음으로는 빨리 바른대로 알려야지, 알려야지 하면서도 근원적인 행동이 잘못되었기에 때를 기다리며 하루하루 미루었다.

나에 관해 의심이 깊어진 아내가 내게 연락하지 않은 채 호텔로 기습적으로 찾아왔다. 막상 아내를 보니 무어라고 변명할 말이 떠오르지 않았다. 눈만 멀뚱멀뚱 굴릴 뿐, 무의식세계를 방황하고 있는 듯했다. 아내의 얼굴을 보면서도 간간이 할머니, 어머니의 모습, 자녀들 모습이 헛보였다.

아내에게 무슨 말을 어디서부터 어떻게 해야 하나? 속일 것을 속여야지 변명할 시기도 이미 지났다. 더구나 내 몰골을 보는 아내의 얼굴을 바로 볼 수 없었다. 차마 고개를 들 수가 없었다. 형편없는 행동에 대한 비난은 받아 마땅하지만, 그보다 비통해하는 아내의 얼굴을 보자 눈물만이 주르르 흘러내릴 뿐이었다.

아내는 나를 찾아오면서 오만가지 생각을 했을 것이다. 그런데 막상 직원에게 자초지종을 듣고 나니 억장이 무너졌을 것이다. 나 하나 믿고 시집와 살고 있는데 이럴 수가 있을까. 많은 원망도 했으리라.

건강하게 잘 있다고 했는데 죽음의 고비를 넘긴 나의 처참한 몰골에 기가 막혔을 것이다. 할 말을 잃었음일까. 어찌 아니겠는가. 음주운전은 절대로 하지 말라던 가족들의 말을 무시했음이다. 뿌린 대로 거둔다고 했는데 믿음을 저버린 대가가 너무 컸다. 잘못했으니 겸허히 받아들여야 함에도 스스로 용서가 되지 않았다. 비록 부부가 떨어져 살고 있지만 믿음으로 버틸 수 있었는데 그 지탱하는 힘인 신뢰가 무너져 내리는 것 같았을 것이다.

아내는 내 앞에서는 아무 말 없이 눈물만 흘리는데 미안한 마음, 안쓰러운 마음, 죄스러운 마음들이 겹쳐 한동안 부둥켜안고 같이 눈물을 흘릴 수밖에 없었다.

진정 은혜였을까?

어느 정도 일이 마무리되었을 무렵 지금까지 달려온 시간을 뒤돌아보니 모두에게 은혜만 입은 것 같았다. 부모의 은혜는 말할 것도 없고 친지의 은혜, 이웃의 은혜, 친구의 은혜, 지인의 은혜 등등 사회생활을 하면서 주변의 인연들에게 입은 은혜가 한이 없었다.

어떻게 이 은혜들을 갚아야 할까. 주변과 이웃을 위해 할 수 있는 일이 무엇이 있을까. 세속적인 명예는 탐하지 않았다. 그렇다고 군림하려는 자세로 일하지 않았다. 있으면 있는 대로, 없으면 없는 대로 살려고 했다.

사고가 있던 날 일본에서 오신 분을 모시고 저녁 식사 중에 나와서 조모님을 뵙겠다고 나왔다가 사고를 당했으니 한국을 떠나면서 얼마나 서운한 마음을 가지셨을까. 잘 가셔서 잘 계시는지 전화하는 것도 죄송스러웠다.

그분은 명예보다는 능력을, 강한 힘을 위한 포용력을, 새로운 지식을 위한 현장 경험을 해야 한다면서 쓸모 있는 사람이 되기를 바라셨다. 그에 부응하지 못한 면이 더 많은 듯해 늘 죄송한 마음이었다. 현장을 잘 알아야 한다며 곳곳을 다니므로 모르는 데가 없을 정도로 많이 알고 계셨다. 남들이 가지 않는 농촌 마을을 찾아 생소한 먹거리에 관심이 많았고 항상 하는 말씀은 배우기 위해서란다. 묻고, 걷고, 반복된 잘못했을 때 그 원인을 찾고 고치려고 노력할 때 머리에 남는다고 하셨다.

처음엔 그런 그분이 참으로 특이한 분이라고만 생각했다. 그런데 오래 동행하다 보니 배움에 대한 남다른 철학을 갖고 계셨고, 얇은 귀로 듣는 것보다는 눈으로 보아야 한다는 그분의 경험 철학은 닮고 싶어졌다. 경험 철학은 시간과 경제가 뒷받침되어야 한다.

인간이 살아가는 데 있어 아무리 돈을 많이 갖고 있어도 기부할 줄 모르고 함부로 낭비하는 사람은 성공할 수 없다는 남다른 인생관도 갖고 계셨다.

한국을 방문하지 않은 달에는 매월 2주 정도 해외를 다니는데 어느 나라를 가시든 한국처럼 안내자 없이 혼자 이곳저곳을 살피면서, 좀 더 알고 싶은 곳이 있으면 아예 일주일이고 열흘이고 그곳에 머무르며 살핀단다. 그리고 한국에 왔을 때 세계정세, 경제, 문화 등을 소상히 전해주신다. 그럴 때마다 세계에 대한 눈을 조금씩이나마 뜨게 되었다.

세계에서 일어나는 소식을 전해주시고 그 나라의 문화와 풍습에 대해 말씀하는 중에서 나는 모든 나라의 삶은 비슷하고 인간관계 또한 다르지 않다는 걸 느낄 수 있었다. 어느 나라건 대나무처럼 굽힐 줄 알고, 상대의 말에 귀 기울일 줄 알고, 아는 것이 많더라도 배려하고 겸손해야 서로의 손을 잡아주고 이끌어준다는 것을 어렴풋이나마 알게 해주신 분이다.

그분과의 인연이 얼마나 소중한가. 받은 것이 너무 많은데 끝내 고마운 마음을 전하지 못했다. 이 또한 은혜였을까.

염황이제

여행은 기쁘고 즐거워야 한다.
교통과 날씨가 받쳐 주어야 한다.
다녀와서 기억에 남는 것이 있어야 한다.
남는 것이 있으려면 메모를 많이 해야 한다.

이론적으로는 알고 있는 것 같은데 실무에서는 강 건너 남이었다. 하기야 처음 여행이라고 다녀올 때는 어리기도 했지만, 메모는 커녕 다녀와 며칠만 지나면 다 잊었다. 나이 들어 해외여행을 할 때도 메모할 생각은 하지 않았다.

그러니 여행을 다녀와서 남는 것은 토막 필름밖에 없었다. 즉 어느 나라 갔다 왔다는 정도였다. 후에 대화할 때면 갔다는 왔는데 대화의 이야깃거리가 없었다.

뒤늦게서야 아, 메모했더라면 하는 뉘우침이 있었다. 그때를 계기로 메모를 시작했으나 연결된 메모가 아니라 토막 필름보다 조금 나은 정도였다. 생선 같으면 머리와 꼬리는 있는데 가운데 토막만 없었으니 알짜가 빠진 메모였다. 그러한 메모는 기억력이 출중하면 모를까 대화 테이블에 소환하는 데는 한계가 있었다.

해외를 많이 가보지 않았지만 다녀온 곳을 기억하려면 항상 망각이 튀어나와 장막을 치니 머리만 지끈거릴 뿐이었다. 하지만 소환할 추억이 있어 토막 메모라도 보면서 기억을 더듬어 소환하려 해 보지만 기대에 부응할지는 미지수다. 다만 토막 메모가 뇌리를 떠나지 않고 있는 기억과 퍼즐 꿰맞추듯 순간순간을 불러내 되살아났으면 하는 바람을 가져본다.

소환하고 싶은 제막식은 평생에 다시 볼 수 없는 장관이었다. 미지의 세계를 경험한다는 것은 기회가 주어져야 가능하다. 기대에 부응하는 깊이가 깊을수록 신비함이 더할 수도 있고, 형언할 수 없는 호기심은 가슴을 설레게도 할 것이다. 그 제막식은 흔히 볼 수 있는 행사가 아니었기에 감정이 남달랐고 다녀와서도 한동안 잊혀지지 않았다. 더불어 간접적인 공부로 지혜를 넓힐 수도 있었다.

2007년 4월 16일 이른 시간, 중국 정주, 하얼빈 등을 다녀오기 위해 준비를 했다. 가방을 간소하게 하려고 가능한 꼭 필요한 것만 챙기는데도 손길이 분주했다. 가늠할 수 없는 설렘으로 창밖을 보니 비가 부슬부슬 내리고 있었다.

비가 오지 않았으면 하는 기대가 소리 없이 무너졌다. 별일이야 있겠느냐는 생각을 하면서도 마음 한구석은 은근히 걱정도 되었으며 초조했다. 한편으로는 걱정을 가불해다 쓸 필요는 없지 않느냐는 생각에 애써 태연한 척 집을 나섰다.

북경으로 출발하는 비행기 시간은 12시 50분이지만 11시까지 일행과 만나기로 되어 있어 7시 버스표를 예매했었다. 버스 시간에 늦지 않게 아내가 새벽에 일어나 주방 기구들을 닦달해 준비를 서둘렀고, 시외버스터미널까지 운전해주어 무리 없이 인천으로 향하는 버스에 몸을 실을 수 있었다.

8일간의 여행에 대한 설렘도 있었으나 행여 비로 인해 여행에 차질이 있을까 속으로 애를 태웠는데 이 정도 비에는 방해받지 않을 것 같기도 했다.

버스 안에 흐르는 조용한 음악을 들으며 날씨가 좋아지기를 마음속으로 바라면서 조용히 눈을 감고 기도를 했다. 기도의 감응일까? 인천공항에 도착하니 비는 멎었고 크게 걱정하지 않아도 될 듯싶었다.

허유 비림박물관장의 초대로 이루어진 이번 여행에는 박물관과 관련이 있는 지인 5명이 함께 했다. 모두 여유 있게 약속장소에 모였다. 여행은 잠시나마 고단한 삶의 무게를 내려놓고, 눌렸던 마음을 허공에 부는 바람에 환기시키고, 새로운 에너지를 충전시키고자 하는 마음이 같아서일까, 표정들이 모두 밝았다.

일행은 수속을 마치고 탑승 장소로 이동을 했다. 탑승구 쪽에는 많은 사람이 운집해 있고, 날씨 때문일까, 출발이 지연된다는 안내 방송이 흐르고 있었다. 1시간 정도 지연된다니 다행이다 싶었다.

세상을 눈에 담고자 하는데 한 시간 투자 못 하겠나. 한껏 여유를 부렸다.

그렇게 1시간 늦게 인천공항을 출발했다. 기내식으로 나온 소고기덮밥에 롤빵, 마카로니와 야채, 디저트로 나온 수박으로 점심을 해결하면서 맥주 한 캔을 마셨는데 상공에서 마시는 맛이 감미로웠다. 북경 공항이 가까워질 무렵 창밖을 보는데 바다에 흰 물결을 가르는 배 한 척이 보이고, 군데군데 섬으로 이어진 경관이 육지가 가까워졌음을 짐작할 수 있었다. 잠시 후 공항에 도착한다는 멘트, 안전벨트를 하라는 방송에 시선을 거두었다.

공항 밖으로 나와 접하는 풍경은 색다른 문화를 보는 듯했다. 붉은색 간판이 많은 도시, 언어가 전혀 통하지 않으니 불통의 도시, 자전거가 많고 무질서한 거리, 그런데도 질서가 지켜지는 것은 기이하고, 묘한 감정으로 이어졌다. 여러 생각들이 솟으며 감성을 부추기는데 낯선 도시에서 길을 잃으면 미아가 될 것 같다는 엉뚱한 생각도 겹쳐졌다.

공항에는 가이드가 나와 있어 바로 호텔로 향했다. 호텔 규모가 생각보다 컸으나 아기자기한 면은 없었다.

다음날 좀 이른 시간 오전 5시 30분 모닝콜을 받았다. 어제 대강 스케줄에 대한 안내를 받았기에 움직이는 데는 지장이 없었다. 6시 아침 식사를 하고 7시 행사장으로 출발하게 되어 있었다. 뷔페로 나온 간단한 아침 식사는 10분도 걸리지 않았다.

식사를 마친 일행은 객실로 갔다가 7시에 로비에서 모이기로 했다. 그리고 7시 2~3분쯤 다 모였다. 그 2~3분 사이에 황당한 일이 벌어졌다.

우리 일행을 태우고 행사장으로 가야 하는 버스가 7시 정각에 출발해버린 것이다. 물론 2~3분 늦은 잘못은 있다 하더라도 초대한 외국 손님을 버려둔 채 전화 한 통화 없이 가버린다는 것은 상상도 못할 일이었다.

2~3분을 늦어도 늦은 것이니 할 말은 없지만 의심쩍어 프런트 직원에게 확인하니 '미안하다'는 한마디는커녕 당연하다는 태도다. 하기야 그들의 잘못이 아니니 그들을 탓할 수는 없는 노릇이었다. 애꿎은 가이드만 몰아세우니 가이드가 무슨 잘못일까, 이러지도 저러지도 못하는 상황에 몸 둘 바를 몰라 엉거주춤하고 있었다.

2~3분의 여유가 일행을 아차! 하게 만들었다. 세상을 살면서 이러한 경우를 몇 번이나 겪을까. 일반적인 상식이라면 초대하여 간 손님이 좀 늦었을 때 잠깐 기다려 준다거나, 한 번쯤 아니면 5분 전에라도 연락해야 하는 게 예의가 아닐까. 2~3분도 기다려 주지 않고 버스를 출발시켜버리다니 찜찜한 마음은 개운치 않았다. 늦은 사람이 예의 찾는 것이 바른 처사가 아니더라도 난감해졌다.

인생사가 마음대로 할 수 없는 것이라지만 이럴 때 어찌 대처해야 바른 선택을 했다고 할까.

참석 여부를 숙의했다. 참석하자는 의견은 여기까지 왔는데 이해하자는 견해고, 불참하자는 주장은 자존심이 용납할 수 없다는 것이었다. 우리의 삶이란 관점이나 생각에 따라 서로의 입장이 다를 수 있음이다. 그것이 인간사 아니던가.

일행 중 한 분이 귀국해서, 참석 안 하고 불편한 것보다는 참석하고 불편한 것이 마음을 잘 쓰는 것 아니겠느냐는 제의에 실마리가 풀렸다. 상대가 그랬다고 해서 우리도 똑같은 사람이 될 수 없었다. 외국까지 왔으니 참석하는 것이 도리가 아니겠느냐. '도리'를 내세워 참석하자는 쪽으로 가닥을 모았다.

황하강 안개

택시 두 대를 불러서 행사장으로 출발했다. 택시기사는 교육이 되어 있었음일까? 우리가 초대되어 온 손님이라는 것을 목에 걸친 숄을 보고 알았던 것 같다. 가이드가 뭐라고 이야기하자, 중앙선도 무시한 채 넓은 도로를 과속으로 달렸다. 위험하다는 마음도 있었지만 아무리 사회주의 국가라고 이럴 수 있나 하는 생각이 떠나지 않았다. 그러한 조바심을 갖고 행사장 입구에 다다랐을 때 2차선 도로로 접어들었다. 좁아진 길에 차들이 몰려있어 걷는 것보다 속도가 느렸다.

설상가상 안개가 좌우를 분간하기 어려울 정도로 자욱했다. 안내의 말에 따르면 황화 강이 가깝게 있기 때문에 안개가 자주 끼고 앞이 안 보일 정도로 많이 덮여 일상이 불편하다고 설명해 주었다.

행사장 입구에서 조금 안으로 들어갔을 때 경찰이 택시 출입을 제지했다. 손짓으로 보아 못 들어가니 다 내리라는 신호처럼 보였다. 예측은 틀리지 않았다. 가이드가 가서 상황을 듣고 와서 하는 말은 워낙 많은 사람이 몰리기 때문에 초청 인사를 태운 버스 외에는 출입을 못 한다는 것이었다. 불행 중 다행이라 했던가. 가이드가 초청되어 가는 분들이라고 했나 보다. 우리 일행들의 목에 건 노란 숄을 보더니 태도가 달라졌다. 거수경례까지 하며 내리라고 하더니 들어가는 버스를 세워 우리 일행을 그 버스에 타도록 배려해 주었다. 중국 사회의 의전에 대해 많이 들었지만 실제로 느끼는 것은 처음이어서 오랜 시간 뇌리를 떠나지 않았다.

우리를 태워준 버스도 행사장까지 갈 수 있는 버스였다. 버스에 올라 좌우를 살피니 탑승객 모두 목에 숄을 걸치고 있었다. 그때 씁쓸한 마음이 들었다. 물론 많은 사람을 통제하기 위함이라는 것을 인식하면서도 인간의 존엄성이 훼손되는 것 같았다.

2~3분을 기다려 주지 않은 버스, 중앙선 무시하고 달리는 택시, 아무 버스나 세워 승차시키는 공권력 등 우리 상식으로는 이해할 수 없는 일들을 겪으면서 생각이 많았다. 문화와 풍습이 다른 세계를 경험하며 넓은 대륙의 기질을 체험하며 현장에 도착했다.

안개로 앞뒤가 구분 안 되는 현장에 도착하니 웅성거리는 소리에 많은 사람이 운집했다는 직감만 있을 뿐 얼마나 많은 사람이 모였는지 현장이 어떻게 꾸며졌는지 전혀 알 수 없었다. 많은 사람으로 이동하기가 불편했다. 그때 행사 요원이 오더니 우리 일행을 행사장 앞까지 이동하는 데 도움을 주었다. 아마도 숄이 힘을 발휘한 것 같았다. 행사장에 다 왔다고 하지만 안개가 너무 많아 겨우 옆 사람이 있다는 것만 느낄 수 있었다.

이런 환경에서 어떻게 살까. 하루도 편히 못 살 것 같은 마음에 밝음에 대한 고마움이 절실하게 느껴졌다. 한국의 맑은 하늘이 천혜의 자원임에 자부심을 품게 했다. 자연환경이 다 같을 수는 없지만 여러 날 이렇게 안개가 낀다니 삶 자체가 고통이지 싶었다.

제막식

염황이제는 중국의 전설적인 염제와 황제를 합한 이름이다. 염황이제는 중국 고대 전설 시대에 불을 다스렸던 염제와 중국 고대 전설적인 군주 황제의 얼굴이다. 염제와 황제는 상고시대 부족장으로 중국인들의 시조이다. 중국인들은 자신들을 염제(炎帝)와 황제(黃帝)의 후손이란 뜻에서 염황 자손이라 자부한다고 한다.

이 두 분의 석상이 흩어져있었는데 이곳에 함께 모셔 영원히 기리기 위해 25년 전에 착수해 오늘에 이르렀다고 했다. 얼마나 대단한 역사인가. 우리는 살아가면서 몇 년 앞이나 내다보고 살까. 1년, 3년 10년, 아니다 한 치 앞도 모르는 것이 인생사라 하지 않았던가. 그런데 25년을 내다보고 시작한 대륙의 기질이 경이롭다.

시간이 얼마나 지났을까, 개막 시간이 지연되고 있었는데 안개가 조금 걷히는가 싶더니 와! 와! 하면서 주변이 웅성거리기 시작했다. 무슨 이유인지를 몰라 두리번거리는데 일행이 멀리 가리키는 것을 보니 거대한 석상이 희미하게 나타나기 시작했다. 확실히 보이지는 않았으나 어마어마하다는 느낌이 들었다.

서서히 안개가 걷히더니 오색연기를 뿜는 비행이 시작되어 석상을 오색의 물결로 덮기 시작했다. 그리고 그 오색연기가 걷히면서 제막식은 시작되었다.

우리가 일상에서 보아온 제막식은 대부분 천으로 가리었다가 천을 걷는 것으로 시작되는데 앞에 펼쳐진 석상은 천으로 덮을 수 있는 크기가 아니었다. 상상을 초월해 하나의 산처럼 보였다. 사람들의 함성이 그를 대변하고 남음이 있었다. 기대했다가 실망할 수도 있고 기대를 하지 않았는데 기대 이상일 수도 있는데 기대 이상이었다.

석상의 높이만 106m, 두 황제의 눈 길이는 3m, 코 8m, 두 얼굴 면적은 총 1,000㎡이니 석상을 인위적으로 덮는다는 건 한계를 넘어서는 것 같았다. 더구나 제작 기간이 25년이었다니 눈앞의 이익만 추구하는 사람들에게는 경종일 수 있었다.

어려운 일도 있었을 것이다. 멈추고 싶었던 때도 있었을 것이다. 어찌 고뇌가 없었을까. 그러나 오랜 세월 괴로운 고통을 참아가며 흘린 땀이 얼마일까. 그 많은 인고의 시간을 감내하며 공을 들인 노력이 없었으면 거대한 석상은 완성할 수 없었을 것이다. 얼마나 많은 조각가의 손길이 이어졌을까, 석상의 미소에서 조각가들의 마음이 들여다보였다. 너무나 거대한 석상을 덮을만한 가리개를 만들 수 없었으므로 오색연기로 대체했던 모양이다. 하여간 기발한 아이디어라고 생각되었다.

중국을 다시 보는 계기가 되었다. 중국의 동북공정 정책으로 우리 역사를 왜곡하는 행위에 분노했으며 그 마음에는 변함이 없다. 그런데 그런 그들을 탓하기에 앞서 우리 국력이 강해져야 한다고 생각하는 계기가 되었다. 미래를 멀리 내다보고 정책을 추진하는 건 배울 점이었다. 역사관, 국가관도 사회주의 국가니까라고 여기는 것보다 세계화에 더 적극적인 자세가 되어야 뒤처지지 않겠다는 생각이 들었다. 석상 하나 갖고 그렇게 생각할 필요가 있겠느냐는 반론도 할 수 있으나 현장을 본 느낌은 그러했다.

사진을 참 많이 찍었다. 사진을 찍으면서 염황이제 제막식에 참석하길 잘했다는 생각이 들었다. 눈 호강도 호강이지만 평생 다시 볼 수 없는 진경이었다.

한국에 돌아가서 할 말이 많을 것 같았다. 그리고 이 자리에 초대해 주신 허유 관장께 감사드린다.

새로운 길을 가다 보면

운전대를 잡고 새로운 길을 가다 보면 난관에 부딪힐 때가 있다. 가고자 하는 길과 정반대로 가고 있다든가, 길이 끊겨 더는 갈 수 없다든가, 때로는 돌아 나올 수도 없어 후진해야 하는 곤경을 체험하기도 한다. 내비게이션의 안내를 받아 가더라도 어려움을 겪기는 마찬가지다. 그럴 때면 이러지도 저러지도 못하지만, 그에 따른 불편은 오로지 자신만이 감수해야 한다.

얼마 전 일이다. 오랜만에 고향을 다녀오다가 눈에 익은 길에 들어섰는데 한참을 달리다 보니 길이 끊겼다. 새로운 도로를 만들면서 기존 도로를 폐쇄한 모양인데 이정표를 보지 않고 옛 기억만 믿고 달리다가 낭패를 보았다.

차를 돌릴 수만 있어도 좋으련만 그만한 여유도 없었다. 사방을 둘러봐도 앞으로 나갈 길은 없었다. 하는 수 없이 오던 길을 후진해서 빠져나오는데 얼마나 진땀을 흘렸던지. 죄 없는 이정표만 크게 해 놓지 않았다고 혼자 불만을 표출했다.

인생사 저마다 자기가 가고 싶은 길을 가면서 살고 있다. 가는 길이 굴곡진 길이라 해서 거부할 수는 없다. 그렇다고 평탄한 길만을 고집할 수도 없지 않은가. 더구나 새로운 길을 가다 보면 생소할 수밖에 없다. 그러기에 대부분 잘 알고 있는 친숙한 길을 선호하는 것이 인간의 심리가 아닐까 한다.

그런데 아는 길보다는 가보지 않은 길, 생소한 길이라면 서슴지 않고 가는 지인이 있다. 전국 산간벽지를 누비며 새로운 길이라면 그 길의 끝을 염두에 두지 않고 일단 가보는 분이다. 그에게 두려움이나 걱정은 무용지물이다. 가다 길이 있으면 가고, 다른 길과 연결되었으면 그 길을 또 가고, 없으면 돌아 나오면 된다는 긍정적인 사고로 새 길을 익힌다. 그래서 전국에 모르는 길이 없는 듯했다. 어쩌다 그분과 함께하다 보면 신비로울 때가 종종 있다.

그와 처음 함께 할 때의 기억도 선명하다. 그리 멀지 않은 곳이었지만 직선 큰 도로를 마다하고 꾸불꾸불 농로 길로 들어섰다. 놀라서 왜 이 길로 가느냐는 물음에 답이 간단했다. "좋지 않으냐? 볼거리도 있고, 공기도 좋지 않으냐. 바쁘게 서두를 일 없어 여유로운 마음을 갖는 것이 싫으냐?"고 오히려 되물었다. 생각해 보니 있는 것이 시간뿐인데 낭만적이지 않은가. 그와 그렇게 시작된 인생길이 꽤 오래인 듯싶다.

그와 동행하다 보면 대부분 한 번도 가보지 못한 길이다. 일부러 눈요기 잘하라 선택한 길들이지만 어찌 그리 잘 알고 있을까 내심 부러웠다. 물론 많이 다녔기에 모르는 곳이 없을 만큼 잘 알겠으나 그리되기까지는 텃밭 일구듯 그만한 공력을 들였으리라. 그러한 곳곳을 가이드하듯 함께 해주니 어찌 고맙지 않겠는가. 더구나 아무리 운전하기 좋아한들 옆에서 편하게 구경하며 가는 것만 할까. 내심 미안하지만 함께하는 사람은 덕분에 눈 호강을 실컷 할 수 있어 싫지 않았다.

어느 날인가, 그날도 지인의 배려로 원로 언론인 거담 형님과 함께 동해안의 해안선을 따라 아름다운 절경을 눈에 넣으며 호사를 누렸다. 영덕에서 식사하고 출발해 동해안을 따라 경주 분황사까지의 코스는 아름다움과 낭만이 있었다. 넓은 해변에 크고 작은 바위섬들에 부딪혀 부서지는 하얀 파도가 어두운 정신을 깨 밝히는 것 같았고, 눈으로 바라보는 바다의 향기가 몸에 스미는 듯했으며, 기암절벽과 어우러진 푸른 물결은 청빈을 배워 아웅다웅 살지 말라 이르는 것 같았다.

맑은 공기를 마시며 넉넉해진 마음은 동남풍 같은 훈훈함도 있었고, 해변의 변곡점을 돌 때마다 새로운 풍경은 지친 삶의 고민을 잠재워 에너지를 충분히 저축하는 시간을 갖게 했다.

분황사에 도착한 입구에는 당간지주 표지판이 세워져 있고 그 앞으로 넓게 펼쳐진 보리밭이 정겨웠다. 표지판을 배경으로 넓게 펼쳐진 보리밭 사진을 찍으려고 하는데 좀 멀리 떨어져 있는 누군가가 이건 보리가 아닌데 한다. 보리가 아니면 밀? 하고 가까이 가서 보니 과연 밀이었다. 어! 아직도 밀밭이 있네. 얼마 만인가. 밀밭을 보자 흘러버린 지난간 세월 속에 가물거리는 기억들이 물결처럼 일렁였다.

밀은 겨울에 파종하여 모내기하기 전에 수확한다. 물론 이른 봄에 파종하는 종자도 있으나 오래전에는 대부분 겨울에 파종했다. 지금은 재배면적이 줄어들어 농촌을 가더라도 밀밭 구경하기가 쉽지 않지만, 예전에는 논보다 밭에 많은 밀을 경작했다. 살림살이가 넉넉하지 못하고 어렵던 시절 밀에서 얻은 밀가루는 주식에 가까웠다. 밀가루 음식은 무엇을 해주어도 맛있었다. 특히 수제비는 참좋아하는 음식이었다. 그러한 밀밭을 보니 감회가 서렸다.

물질적으로 풍요롭지 못했던 시절, 밀이 익어갈 무렵에 밀밭은 서리라는 명목으로 많은 손을 타 수난을 겪었다.

힘들고 험한 세상을 살더라도 해서는 안 될 일이 있는 법인데 그 법이 나 몰라라 했을까? 삶에 충실하지 못한 일들이 벌어졌다.

남의 밭에 손을 대는 것이 잘못이라는 것을 알면서도 주인의 눈을 피해 밀밭을 괴롭혔다. 들키면 당연히 혼나는 것을 알기에 한 사람은 망을 보고 다른 사람은 티 나지 않게 솎는다고 솎는다. 남의 것인데 어찌 두렵지 않았겠는가. 마음이 콩닥콩닥하는데 마을 입구에서 어른들 오는 소리가 들리면 밀밭 반대편으로 숨는다. 숨는다고 모를 것인가. 다 알면서도 모른 척 그대로 지나쳐 주셨다는 걸 먼 훗날 알게 되었다. 그러나 한 번은 숨는다고 숨었는데 그곳에 있던 꿩 두 마리가 우리의 인기척에 놀라 푸드덕, 요란한 소리를 내며 날아가는데 그 소리에 오히려 우리가 얼마나 놀랐던가.

들킬 때가 있었다. 당연히 꾸중 들을 생각으로 두려움에 떨고 있으면 어른들은 어깨를 어루만지며 괜찮다. 우는 아이가 있으면 눈물을 닦아주며 몇 속 더 꺾어 주셨다.

찬바람 속에서 땀 흘려 키운 농작물이 어찌 아깝지 않았을까만 그 시절 그때 어른들은 화내지 않으셨다. 그 속상한 마음을 접고 '괜찮다'라고 말할 수 있었던 여유와 인정이 요즈음은 찾아볼 수 없다.

지금은 절도로 곤욕을 치러야 할 서리가 공공연하게 자행되었어도 탓하는 것보다 하나의 교육으로 생각하는 시대였다. 궁핍했으나 인정이 흐르던 그 시절이 마냥 그립다.

아무리 어리더라도 밀서리가 그릇된 행동이라는 걸 모르지는 않았다. 마음을 죄면서도 거듭한 밀서리는 허기를 채워 주기도 했지만 정말 맛도 좋았다. 그때 그 맛은 잊을 수 없다. 낟알이 완전히 여물지 않은 밀을 불에 그슬려 손바닥에 올려놓고 조심스럽게 비비면 감추어진 푸르른 속살이 나온다. 보기만 해도 군침이 돈다. 먹기가 아까울 정도였다. 고걸 입속에 탁 털어 넣으면 살살 녹는 부드러움이 꿀맛이었다. 혀에서 느끼는 맛은 어느 것과도 비교할 수 없었다. 작은 손안에서 일군 희열이었다.

어른들이 지나면서 검게 된 우리의 입을 보면서 "네 이놈! 누구 집 밀을 꺾었느냐?"고 호통을 치셨다. 그러나 말씀뿐, 그러기에 아니라고 손사래를 치며 그 자리를 피하곤 했다. 그것으로 끝이다. 다음에 만나도 일체 지나간 서리에 대해서는 입에 올리지 않으셨다.

잘못을 스스로 깨치게 해 젊은 혈기를 꺾지 않고, 양심이라는 것을 알아 분수를 지키며, 옹졸하지 않고, 당당한 젊은이가 되도록 하려는 속 깊은 처사였다.

이렇게 농촌의 청소년들은 자연에서 배우고, 자연에서 얻을 수 있는 것에 많은 관심을 두고 자연과 친숙했다. 연약한 찔레순도 꺾고, 소나무 껍질도 벗기고, 진달래꽃, 아카시아꽃 따먹는 것을 재미로 여기며 가능한 남의 것에 손대지 않으려는 듯 서로 경계하기도 했지만 밀서리만은 의기투합할 때가 종종 있었다. 어찌 잊을 수 있겠는가.

분황사 앞에 펼쳐진 밀밭, 만약 밀이 고개를 내밀었다면 대가를 지불하고라도 몇 속 꺾어 속살을 대하고 싶었다.

그 아름다운 기억 속에 비교되는 기억이 몇 년 전 언론에 농작물을 서리해간다는 보도가 심심찮게 회자되었다. 그때 서리란 보도를 보고 때가 어느 땐데 서리란 말인가. 도심(盜心)이지. 인삼밭을 헤집어 놓고, 고추, 참깨를 털어가는 것이 어찌 서리란 말인가. 서리란 말이 가당찮게 여겼었다.

지금 시대와는 상상도 할 수 없는 다름이 있었고, 감히 흉내도 낼 수 없는 온도 차가 존재했다. 평범한 것 같지만 평범하지 않은 관대함에 성장하는 청소년들에게는 바른길을 갈 수 있도록 하는 좋은 경험이지 싶었다.

물질적 가치와 정신적 가치를 떠나 어른의 꾸짖음에 아니라면서 도망치던 시절, 그때가 왜 자꾸만 그리워지는 걸까. 이러한 추억을 되살릴 수 있음도 지인과 함께 새로운 길을 가다 보니 얻을 수 있는 은혜로움이다.

번개 나들이

오랜만에 강추위가 좀 누그러졌다. 미세먼지도 자취를 감추었고 하늘에 구름도 드문드문 한가로웠다. 서성거리는 봄기운을 받고자 가볍게 옷을 입고 나가려는데 아내가 "아직은 아닌데?"라고 한마디 거들었다. 아내 말을 들으면 자다가도 떡이 생긴다고 했는데 바꿔 입을까 하다가 일기예보에 낮에는 기온이 오른다는 구실을 내세워 그대로 현관문을 나섰다.

평소에 존경하는 류 회장님께서 계묘년 새해를 맞이하여 지역 원로와 명사님들을 모시는 자리에 같이하자는 제의를 받았던 것이다. 여러모로 부족해 아직은 아닌데 하는 마음이 없지 않았으나 한편으로 세월이 흘러가는 소리를 듣고 싶었다. 코로나로 인해 꽉 막혔던 문을 열고 싶은 마음도 합세했다.

함께 제의를 받은 억수 님의 차를 타고 행사장으로 가는데 자격이 따로 있는 것은 아니지만 원로도 아니고 명사도 아닌데 하는 생각이 뇌리를 떠나지 않았다. 그러나 막상 행사장에 도착해서는 마음이 바뀌었다. 오랜만에 뵙는 반가운 분들도 계시고, 이름만 들어도 알만한 분들이 많았다. 이런 자리가 아니면 어찌 만날 수 있겠는가.

평소 존경하는 분이지만 코로나 이전에 뵙고 몇 년 만에 뵙는 분들도 계셨고, 늘 마음으로 존경하는 박 원장님, 김 교수님 외에도 자주 만나는 분들도 있어 더욱 반가운 모임이었다.

참석하길 잘했다는 생각에 홀가분해졌다. 사람마다 그릇이 다르겠으나 함께 자리를 같이하자고 마음 써주시는 닮고 싶은 류 회장님의 배려에 가슴이 따뜻해졌다.

음악에 대해 조예가 깊지 못하지만, 국악의 맛을 느끼게 하는 피리 연주, 첼로 연주, 성악으로 귀가 즐거웠고 덕담 시간에 나 전 시장님께서 류 회장님에 관한 말씀을 해 주셨는데 모두가 공감하며 고개를 끄덕였다.

자기 것 아깝지 않은 사람 어디 있겠는가. 식사대접에 선물까지 쉽지 않은 일이다. 사실 한두 사람 초대해 식사하는 것도 아니고 50명이 넘는 분들을 초대했다. 다른 분의 덕담 속에 요즈음이 어느 시대인데 초대한다고 다 가는가. 갈만해야 간다. 이렇게 많은 분이 한자리에 같이할 수 있는 것은 그분에 대한 신뢰가 있기 때문이다. 사소한 것 같지만 사소하지 않은 마음씀, 순수한 인품에 대해 말들을 많이 하자 모두 박수로써 화답하는 분위기였다.

식이 끝나고 각자의 집으로 돌아가는데 억수 님 차에 문단의 원로 세 분이 함께 타셨다. 억수 님은 원로님들의 자택을 다 알고 있는 듯했다. 미묘한 인간의 마음은 말을 하지 않아도 모두가 이심전심으로 통하는 것 같았다.

한 분을 분평동에서 내려 드리더니 다음 코스로 길을 잡는 듯했다. 다음 내려 드릴 분은 짐작으로 유추할 수 있었다. 시선이 운전하는 모습을 보면서 매번 신세를 지는 것 같아 감사하면서도 미안한 마음이 겹쳐졌다. 사람 마음이 다 같지는 않을 테지만 운전대를 잡고 참 복을 많이 짓는구나. 세상사가, 아니 인생살이가 다 운전대 잡은 사람 마음 같았으면 좋겠다는 생각을 하는데 억수 님은 갑자기 원로분들께 오후 일정이 있느냐고 여쭙는 게 아닌가.

원로님들의 일정이 없다는 대답에 그러면 드라이브나 하자며 방향을 틀어 길을 잡았다. 잠깐이지만 난감해졌다. 약속이 있으니 내리겠다고 해야 하나, 어쩌지? 침묵 속에 흔들리는 머리 회전은 바로 생각을 고쳐먹었다. 원로분들과 함께한 기억도 아스라하여 함께 드라이브 잠깐 하는데 어떠랴 싶었다.

그 드라이브는 어디로 가는지 언제 올 것인지 아무도 예측 못 한 번개 나들이가 시작되는 순간이었다. 한참을 달리는데 궁금증은 참지를 못하고 어디로 가는 것이냐고 물었다.

서해안에 있는 장고항으로 간단다. 차 소리와 겹쳐 '강구항, 장구항, 장?항' 등으로 들려서 몇 번을 다시 확인하고 장고항을 알아들을 수 있었다. 한 번도 가보지 않은 곳이기에 입과 귀가 수고를 더했다.

그렇게 시작된 나들이는 청주 시내를 벗어나 오송역세권 신흥

도시를 지나가는데 모든 게 새롭게 보였다. 처음 가보는 길이어서 어디가 어디인지 분간하기 어려웠다. 관광을 전공한 사람으로서 또 느끼는 것이 한국도 볼 곳이 너무 많다는 것이다. 억수로 좋은 날 가끔 이러한 나들이를 하는데 항상 같을 길을 가지 않고 새로운 길을 고집하는 터에 한눈팔 수가 없다. 그러나 때로는 조는 바람에 좋은 구경을 종종 놓치고 미련이 남아 과거가 된 시간에 벗어나지 못하고 매달리기도 한다.

원로님들의 주고받는 말씀 속에 귀담아들을 이야기가 많았다. 간혹 우문현답 같은 농 때문에 웃음을 자아내기도 하지만 말이다. 맥주를 많이 마셨다는 말에 용무가 급한 줄 알고 카페에 들어갔으나 번지수가 아니었다. 웃자고 하는 말 같기도 하고 지루한 차내의 분위기를 바꾸기 위한 순발력을 겸한 지혜인 듯도 싶었으나 가늠하기 어려웠다.

그렇게 장고항에 도착했다. 하늘을 쳐다보니 맑은 하늘에 엷은 구름이 끼었는데 그 사이로 보름달이 희미하게 얼굴을 내밀고 있었다. 내일이 보름이구만. 저 달이 내일 새벽에는 내 서재의 창문을 노크할 것이다. 항상 달님을 보고 두 자녀 상생 선연 만나 행복한 가정 이루게 해 달라고 소원을 비는데 오늘은 장고항에서 그 소원을 빌었다.

좀 이른 저녁이지만 일찍 먹고 귀가하자는 의견에 마음을 합했다. 작은 항구였지만 그래도 수산물 유통센터가 있었다. 1층은 말 그대로 수산물 시장이었다. 크지는 않았지만 살아 움직이는 생물이 있어서일까. 활기가 느껴졌다.

활기가 느껴지지만 수족관이나 크고 작은 그릇 속에서 유영하는 물고기들을 보면 항상 알 듯 모를 듯, 서툴지만 생명에 대한 감정이 파도를 탄다. 저들은 오가는 사람들의 지목을 받으면 그 길이 가는 길인데 하는 묘한 감정 때문이다. 생을 더 연장하기 위해 지목하는 손길을 피해야 한다. 허나 그들은 그러한 능력이 없다. 손가락으로 너 하면 그만이다. 그러나 일행은 그러한 선택은 하지 않았다.

억수 님 발길 따라 어느 횟집으로 들어갔다. 횟집이라야 시장 가판 뒤쪽으로 테이블 2개가 전부였다. 칸막이 형식으로 사람 오고 가는 것만 보이지 않도록 한 간이 시설이었다. 억수 님이 아는 횟집이었다. 자리를 잡고 어떻게 이곳까지 아느냐는 질문에 알고 있는 스님 때문이란다. 아니 스님이 횟집을 소개? 의아할 일도 아니었다. 스님은 생선 안 먹고 사나. 그러나 억수는 참 대단하다 여겨졌다. 전국을 다니며 곳곳에 심어진 인연들을 보면 나름의 철학이 있을 테지만 삶의 리듬을 엿볼 수 있음이다.

음식이 나오는데 기본음식이 일반식당보다 가지 수는 적으나 먹을 만한 몇 가지가 오히려 맘에 들었다. 아는 손님이라고 대우가 다른 듯했다. 안다는 것은 참 좋은 것이다. 회도 좋았고 매운탕을 끓여주시는데 회를 뜨고 남은 뼈에다가 도다리 한 마리를 넣었는데 모두 맛있다고 칭찬을 아끼지 않았다. 좋은 사람들과 하는 식사이기에 더 맛이 있었으리라.

식사 후 계산하는데 원로분 중에 한 분이 들어오면서 주인에게 선약했는데 억수의 배려가 판정승을 했다. 사실 식사하러 들어가기 전에 분위기를 살펴 남몰래 먼저 계산해야겠다고 생각했는데 원로께서 먼저 주인과 입을 맞추는 모습에 말도 꺼내지 못했다. 미안한 마음과 고마운 마음이 바다 파도에 쓸려가는 것 같았다. 손님이 찾았을 때, 뜻에 맞게 해준다는 것이 쉽지 않다. 그런데 말 한마디 한마디가 다시 오고 싶다는 감정을 갖게 했다.

식사가 끝나고 밖으로 나오니 찬 기운이 싸하다. 갑자기 아내가 아직은 아니라는 말이 옷깃으로 스며들었다. 어제 입었던 옷들이 거봐라 쌤통이다 하는 것 같았다. 그러나 어쩌랴, 참고 가야지.

그때 억수 님이 손짓을 한다. 빨리 오란다. 일몰을 보기 위해서이다. 기대를 갖고 서둘러 부르는 장소로 갔으나 이미 해는 붉은 꼬리를 남기고 빠이빠이 하고 말았다. 그러나 억수 님이 누구인가. 그대로 물러날 분이 아니었다. 차를 타라고 하더니 여기서 멀지 않은 곳에 왜목마을이 있으니 그곳으로 가잔다. 일출과 일몰을 한 곳에서 볼 수 있는 유명한 장소가 아니던가. 더구나 가는 길목이라니 일진이 좋은 날이라는 말에 동감하지 않을 수 없었다. 가는 길목이 아니더라도 일부러 시간 내어 찾는 이름난 유명한 곳인데 어찌 아니겠는가.

장고항에서 붉은 꼬리만 보고 아쉬웠는데 그 유명한 왜목마을 일몰을 볼 수 있다니 기분이 상승되었다. 원하면 이루어진다고 했던가. 정말 일진이 좋은 것 같았다. 생각, 생각 너머로 멀리 바라보이는 일몰이 우리를 기다리고 있었다.

정말 아름다웠다. 감탄사보다는 몇 장의 사진이 훗날 추억으로 깊이 새겨져 뚜렷하게 기억될 것이다.

누구랄 것도 없이 모두가 흡족해한 번개 나들이는 코로나 때문에 멀어졌던 간격을 좁히게 했으며 삶은 더불어 어울려 살아야 한다는 이치를 피부로 체험케 한 시간이었다.

봉사(奉仕)의 의미

누군가가 나에게 "살면서 가장 좋은 때가 어느 때냐?"고 묻는다면 망설임 없이 '지금'이라고 답하겠다.

사람마다 그 기준치가 다르겠지만 물질적 풍요보다는 정신적 풍요를 우위에 두고 그때그때 사람답게 살아간다면 제한적인, 개인적인 생각일지 모르나 가장 좋은 삶을 살고 있는 때라고 생각하기 때문이다. 그런데 그 생각이 나이가 들고 신앙생활을 하다 보니 바뀌었다.

지금보다는 봉사하며 사는 것이, 남을 도우며 사는 것이 훨씬 현명하게 사는 길임을 은연중 깨닫게 되었다. 봉사를 자주 다니며 남을 돕는 분들의 삶을 들여다보면 꼬집어 말할 수 없으나 무엇이 달라도 달랐다. 그들에게 언제가 제일 기분이 좋으냐고 물었던 적이 있었는데 '봉사를 하고 돌아설 때'라고 스스럼없이 대답하는 데서도 읽을 수 있었다.

그때 나는 그들이 느낄 수 있는 봉사의 즐거움을 체험해 본 적이 있었던가 스스로 반문해 보았다. 별로 떠오르는 게 없었다.

봉사에 대해 사람마다 그 의미가 다르겠지만 깨달은 사람들은 돈도 아니요, 명예도 아니요, 지위도 아니요 오직 자신을 낮추고 베풀며 봉사할 때라고 하는데, 심적으로는 공감하면서도 그 느낌을 절실히 체험하지 못했기에 깊이 이해할 수는 없었으나 기회가 된다면 꼭 느껴보고 싶었다.

워런 버핏은 "오늘 내가 나무 그늘에 앉아 쉴 수 있는 것은 다른 누군가가 오래전에 나무를 심었기 때문이라고 했다." 봉사란 내가 아닌 누군가를 위해 헌신할 수 있는 행동이 아닐까 한다. 봉사하고 베푸는 삶은 과욕은 금물이라고 했다. 지나치게 탐내거나 지나치게 향유하고자 하는 마음이 없어야 한다. 남에게 드러내 보이고자 하는 이기적인 행동이나 보상을 바라고 하는 봉사는 보람을 얻을 수 없으며 추앙받을 수 있는 성숙한 모습이 아니다. 아무리 소유한 재산이 많다고 하더라도 나누는데 인색한 성향은 탐욕에서 벗어나지 못하는 가난한 사람이다. 가진 것이 적어도 나눌 수 있는 마음이 있다면 그들은 주위를 돌볼 줄 알고 어려운 일에 동참할 수 있으며 기쁨을 같이 만들어 갈 줄 아는 마음이 부자인 사람이다.

믿음으로 무엇인가 바라지 않고 하는 봉사라야 진정한 봉사일 수 있다. 진정성이 결여된 봉사, 부정한 재물을 나눈다는 것은 윤리적으로나 규범에 위배되는 가치 없는 행동일 것 같다.

주기만 하는 사람을 좋아할까?

받기만 하는 사람을 좋아할까?

주면 오고 오면 가는 이치를 아는 사람이라면 금방 답이 나올 것이다. 삶 속에서 평범한 일상생활을 하는 사람들은 거의가 주는 것보다는 받는 것을 좋아하지 싶다. 주는 것을 좋아하는 사람이라도 가지고 있는 것이 있어야 줄 수 있다. 재화가 되었건, 재능이 되었건, 지식이 되었건 지니고 있어야 한다.

　봉사도 다르지 않다. 봉사할 곳이 있어야 하고, 움직일 수 있는 능력이 있어야 하고, 상황에 따라 필요한 시간이 있어야 한다. 또한 현장을 철저히 이해하고 상대적으로 상처를 주지 않아야 한다.

　봉사는 자발적인 참여다. 계산서가 필요치 않다. 빛이어야 한다. 희망을 주어야 한다. 마음을 편안하게 해줄 수 있어야지 불편한 마음을 갖게 하는 것은 목적에 어긋나는 처사이다. 절망의 늪에서 빠져나올 수 있는 길을 만들어 재기할 수 있도록 힘을 보태야 한다. 무엇 때문에, 누구를 위하여 이 일을 하고 있는가, 깊이 성찰하고 폭넓은 이해가 있어야 한다. 겉만 중시하기보다는 올바른 가치관을 가지고 직접적인 도움이 되어야 한다. 그러기 위해서는 가려운 곳을 긁어주듯 필요한 것을 찾아 채워 줄 수 있는 노력이 필요하다. 목마를 때 물 한 컵을 담아 줄 수 있는, 그림자처럼 동행할 수 있는 여유도 있어야 하지 않겠는가.

　봉사는 국내 국외가 따로 있는 것이 아니다. 강요해서 될 일도 아니다. 오직 돕고자 하는 마음이면 어디든 결코 외면하지 않을 것이다.

누군가에게 도움을 줄 수 있다면

오랜만에 원불교 교당 청소를 했다. 땀이 삐죽삐죽 솟았다. 청소를 끝내고 땀을 식히기 위해 2층 의자에 앉아 탁 트인 시내를 바라보는데 코로나19가 발생하기 전, 청운회에서 몇 년간 소외계층을 위한 연탄 나눔 행사를 하면서 땀을 흘렸던 기억이 났다. 하얗게 지워진 줄 알았는데 시원한 바람이 시공간을 넘어 처음 연탄을 나르던 모습을 불러왔다.

소소한 체험이었지만 연탄 나르는 봉사는 처음이었다. 낯설기도 했지만, 한편으로 평소에 체험할 수 없는 일이었기에 끌리는 바가 있었다. 끌렸던 건 물질의 풍요를 역설하고 있는 이 시대에 연탄이 필요한 소외계층이 얼마나 있을까? 나름의 이유야 있을 테지만 의구심이 들기에 남이 눈치채지 못하게 담당자에게 슬며시 의중을 내비쳤는데 전하는 정보는 연탄 외에도 라면이나 쌀 석유 등 생각보다 다양했다.

고통으로 얼룩진 그분들의 얼굴이 한때나마 편안하게 펴질 수 있다면 의미 있는 일이 아니겠는가. 어차피 해야 할 일이라면 열심히 해 보자는 다짐을 했다. 해도 그만 안 해도 그만이라는 자세로 임한다면 신뢰를 잃을 것이다. 도움을 주는 이웃들과 함께 사는 것에 대해 인간적인 정을 느꼈으면 하는 마음이 들었다.

연탄 아궁이에 연탄이 없다면 그 아궁이가 무슨 효용이 있겠는가. 추위를 이겨낼 수 있는 길이 오직 연탄으로만 해소될 수 있는 곳이라면 부엌에 쌓인 연탄만으로도 부유함을 느낄 것이다. 그 부유함을 채워드리기 위해 나선 발걸음이니 어찌 가볍게 행동할 수 있겠는가. 힘은 들지 모르더라도 마음만은 넉넉함이 차고 넘치는 듯했었다.

그로부터 몇 년간 박인득 청운 회장과 함께 열심히 했는데 코로나19로 인한 팬데믹 상황이 연탄 나눔 행사의 맥을 끊어 탄력을 잃었다. 그때 생각과 감정은 다르더라도 합력하는 의미를 부여해 좋았는데 도중하차를 하게 되어 아쉬움이 컸다.

그날들을 따라가 본다.

혼자 사는 독거노인 집은 골목을 따라 한참 들어가야 했다. 그러니 차가 들어갈 수 없었고 연탄을 큰길에 내려놓고 운반을 해야 했다. 일행이 현장에 다 달았을 때 연탄은 이미 큰길에 도착해 있었다. 정말 오랜만에 보는 연탄이었다. 지금도 이렇게 연탄불을 필요로 하는 세대가 적지 않다니 여러 생각이 솟았다 사라졌었다.

물질 만능 시대에 불균형의 상태를 의식하지 않을 수 없었다. 잘살고 못사는 본질적인 문제를 떠나 인간성 회복을 위한 현실을 직시할 수밖에 없었다. 의미 있는 일이란 살아 있을 때, 할 수 있는 능력이 있을 때, 몸이 움직여 받쳐 줄 수 있을 때 해야 대의명분을 내세울 수 있음이다.

MZ 세대들은 실감할 수 없지만, 전후 세대들은 연탄에 대한 추억이 많다. 특히 가스 중독으로 인한 폐해는 수없이 많았다. 가까운 지인도 그 대열에서 벗어날 수 없어 먼저 저세상으로 간 지도 40년이 넘었다. 그 시절 언론들은 연탄 사고에 관한 기사를 다투어 보도하느라 사회면 지면이 부족할 정도였으니 어찌 감회가 없겠는가.

봉사는 자신보다는 남을 위해 애쓰는 사람들이다. 현장에서 직접 하는 체험은 잊히지 않고 추억으로 남을 것이다.

차에서 내리는 수고는 하지 않았더라도 골목길을 따라 운반해야 하므로 사람이 많을수록 힘을 나눌 수 있었다. 많은 사람이 함께할 때는 헌신적인 자기희생이 따라야 한다. 자기만 편하고자 하는 이기심은 내려놓아야 한다.

줄을 서 손과 손으로 이동하는 연탄은 컨베이어 벨트를 연상케 했다. 많은 사람이 함께하니 게으른 눈으로 예상한 시간보다 훨씬 빨리 끝났다. 저마다 내면의 아름다움을 살며시 내보이는 것 같았다. 힘주어 잘했다면서 서로 손뼉 치는 모습에서 마음을 하나로 모을 수 있었고, 주는 기쁨, 나누는 즐거움을 같이할 수 있는 시간이었다.

참여한 교도들이 한 팀이 되어 연탄을 옮기다 보니 은연중 합력의 힘이 느껴졌다. 또한 아! 혼자 할 수 없는 것도 합하니 되는구나, 하는 성취감도 뒤따라 감동을 주었다. 상대방 얼굴에 묻은 검은 흔적을 보면서 웃음이 끊이질 않았다. 이것이 봉사구나 하는 의미를 부여케 했다.

어려운 곳을 찾아 어려움이 어디서 오는가를 살피고, 그 어려움을 보듬고 보살피며 해결할 수 있는 사명감이나 힘이 느껴지는 현장이 또 있었다.

상당산성에서 공중도덕이 부족한 이들이 버리고 간 쓰레기를 치워 주변을 청결하게 하는 행사를 할 때도 다르지 않았다. 처음 하다 보니 쓰레기 줍는 것이 어색하기도 하고 좀 쑥스럽기도 해 멀쑥했는데 뒤따르는 일행과 휩쓸리다 보니 금세 그러한 마음은 사라지고 오히려 산의 기운을 받아 사회의 걱정거리나 고민들이 끼어들 시간을 주지 않아 즐거운 대화들이 오고 갔다. 또한 힘들 것이라 지레짐작했었는데 함께 하니 힘도 덜 드는 것 같았고, 능률은 배가된다는 사반 공배의 이치를 체험했다. 행사를 마치고 돌아올 때는 어디서 올라오는 기운일까? 뿌듯한 기운이 온몸을 감싸고 있었다.

봉사는 혼자 감당하기 어려운 일을 억지로 시킨다거나, 힘에 겨운 일들을 시켜 스트레스를 받게 하는 건 금해야 한다. 금해야 할 또 하나는 자체 근거를 남기기 위한 것이라면 모르되, 어디에 알리고, 누구에게 생색내기 위해 현수막을 앞세워 사진을 찍는 행위 등은 결코 바람직한 일은 아니다. 봉사는 꾸밈으로 하는 일이 아니기 때문이다. 다만 스스로 마음을 내어 함께하면 누구와도 손잡고 할 수 있다는 믿음이 받쳐 주어야 한다.

아내가 오래전에 태안 기름 유출 사고 때 봉사를 다녀온 적이 있었다. 바쁘다는 이유로 함께하지 못했지만 다녀와서 너무 잘 다녀왔다며 좋아하는 모습에서 아! 하려고 하면 방법이 보인다고 했는데 방법을 찾아서 나도 참여할 걸 하는 마음이 들었던 적이 있었는데 봉사는 기회가 닿으면 피할 일이 아님을 깨닫는 요즘이다.

코로나19가 번지기 시작해 얼마 안 되었을 때, 땀 흘리는 의료진의 고충을 뉴스로 보았다. 일반인들과 고립된 환경 속에서 근원적인 해결책 없이 봉사에 의존하는 의료인들의 헌신에 마음이 숙연해졌다. 코로나 팬데믹을 이겨내기 위한 국민이 모두가 하나의 공동체라는 인식을 하게 되었다. 그때 봉사의 의미가 타인에 대한 배려라는 생각을 깊이 하게 되었다.

선행은 남이 알든 모르든 관계치 않아야 한다. 남이 몰라준다고 섭섭한 마음이 들기 시작하면 선행의 의미가 퇴색되어 봉사의 의미를 잃어버리게 된다.

수해 현장

자연의 힘이 얼마나 위대한가를 보여 주었다.

장맛비가 가뭄으로 갈라진 대지를 아물게 하고, 바닥난 저수지에 물을 채웠다. 타들어 가던 농작물을 보며 애를 태우던 농부들의 한숨도 멈추었다. 도시도 물 때문에 어려움을 겪는 아우성도 슬며시 사그라졌다.

메말랐던 산야의 나무들이 진녹색의 빛을 찾아가고, 숨을 죽이고 있던 동물이나 곤충들도 다시 깨어나 숲속을 헤집으며 하나같이 새로운 생명의 숨소리를 발산하는 것 같았다.

새삼 비의 고마움에 모든 근심이 해소되는 듯했으나 넘치면 부족함만 못하다 했던가. 고마운 마음이 채 가시기도 전에 장맛비는 장대비가 되어 휴일 아침 시간을 어지럽게 흔들어 놓았다.

설마, 설마 하는 사이 집중적으로 쏟아진 비는 농경지뿐 아니라

도심에도 유입되어 물바다가 되었다.

속담에 병 주고 약 준다는 말이 있는데 약주고 더 큰 아픔, 정신, 물질적으로 매우 고통스런 수해를 안겨주었다. 가옥 침수, 무너진 비닐하우스, 물에 잠긴 자동차 등 피해당한 주민들의 곤혹스러워하는 모습이 TV 화면을 통해 생생하게 방영되는 것을 보면서 안쓰러움이 밀려들었다.

참 야속했다. 물 때문에 애가 타고, 물 때문에 고통을 받아야 하는 자연의 힘에 사람은 어떻게 대처해야 한단 말인가. 사람의 힘으로는 대적할 수 없는 자연의 섭리에 속수무책이었다.

여러 생각이 교차할 때 원불교 교당 임원으로부터 연락이 왔다. 발 빠르게 전북 자원봉사센터에서 수해 현장에 봉사를 오는데 우리도 함께하면 어떠냐는 제안이었다. 항상 마음은 있었으나 시간이 없다는 이유로 같이하지 못했는데 다행히 시간이 되어 기꺼이 응하기로 했다.

다음날 원불교 교무님과 뜻을 같이한 사람들이 약속장소에 모여 미원면사무소를 향해 출발했다. 가다 보니 토사가 흘러내린 곳, 뿌리가 뽑힌 나무들, 흔적도 없이 사라진 양배추밭, 쓰레기를 감싸고 있는 나뭇가지들, 언론에서 보도된 무너진 다리 등, 당시의 처참한 모습을 대변해 주었다.

면사무소에 이르니 미리 도착한 대한적십자 세탁차가 침수 지역의 피해 주민들 빨래를 해주기 위해 서두르고 있었다. 가깝지도 않은 곳에서 얼마나 일찍 나섰단 말인가. 정말 부지런한 사람들이다.

본받고 많이 배워야 할 것 같았다.

그곳에서 복구 현장을 배정받고, 약 10분 정도 이동해서 도착한 곳은 옥화 6경 금관 유원지였다. 물이 빠지고 난 유원지는 한적하고 경치 좋은 휴양지라기보다는 쓰레기장이었다. 배정된 N 펜션은 생각보다 훨씬 참담했다. 장화와 고무장갑 등을 지급받고 현장에 들어서니 어디서부터 손을 써야 할지 엄두가 나지 않았다.

어찌 이럴 수가? 하는 생각이 들었다. 몇 시간 사이, 삶의 터전을 잃은 분들에게는 어떠한 말로도 위로가 될 것 같지 않았다. 주변을 살펴보니 가뭄 끝은 있어도 장마 끝은 없다는 말이 와닿았다. 큰 가뭄에는 다소 곡식을 거둘 수 있지만 큰 수해에는 농작물뿐 아니라 농토까지 유실된다는 옛말이 눈앞에 펼쳐졌다.

우리는 하나씩 하나씩 손을 보태면서 땀을 흘리다 보니 조금씩 깨끗해지기 시작했다. 더위를 달래기 위해 교무님이 건네주는 얼음물을 한 잔 마시면서 엉뚱한 생각을 했다. 물로 인해 피해를 입고, 그 피해복구를 위해 땀 흘리고, 목마름을 달래기 위해 한잔 물을 마시는 인간은 물에 얼마나 나약한가?

점심은 미원초등학교 금관분교에 마련되었다. '참 좋은 사랑의 밥차'를 운영하는 대전광역시 서구 자원봉사센터에서 수해 지역 봉사 활동에 와서 맛있는 국수를 제공해 주었다. 폭염주의보가 내려진 더운 날씨에도 땀을 흘리며 국수를 삶는 분, 시종 미소를 잃지 않고 배식하면서 맛있게 드시라는 한마디가 너무 감사하고 고마웠다. 어느 성찬보다도 값진 국수 한 그릇을 맛있게 먹고, 시원한 냉

수 한 잔에 잠시 땀을 식히며, 서로서로 도우려는 모습에서 봉사의 의미를 되새겨 보았다.

오후에는 부서진 전자제품과 가구, 침구 등을 정리하고 실내에 들어온 진흙을 치우는데 양이 너무 많아서 치워도, 치워도 계속 나왔다. 40여 명이 힘을 합하고 있지만, 더 많은 사람이 관심을 두었으면 하는 마음이었다. 그때 도지사 사모님께서 자원봉사자들을 격려하기 위해 옥수수와 빵, 음료수 등을 준비하여 수해 현장을 찾아오셨다. 참으로 고맙고 감사했다.

처음 도착해서 현장을 접했을 때만 해도 엄두가 나지 않았는데 힘을 합하여 치우다 보니 수고한 흔적이 드러나기 시작했다. 수해 현장으로 봉사를 잘 왔다는 생각이 들었다. 피해 주민들이 의욕을 잃지 않고 내일의 푸른 숲을 위해 꿈과 희망을 가져주기를 염원하는 마음으로 그곳을 떠나왔다.

세상은 문이 닫혔다고 낙심할 때 또 다른 기회의 문이 열린다고 하지 않던가. 이를 계기로 다시 마음을 추슬러, 내일을 위해 조금만 더 힘을 내어 빠르게 원래의 모습을 되찾기를 바랐다.

그때도 다음에 하지, 하고 미루었더라면 그 기회는 영영 사라졌을 것이다. 기꺼이 땀을 흘리고 보람을 챙기게 된 봉사의 의미를 마음속에 새기는 계기가 되었다.

남을 도우려면 스스로 마음 관리를 잘하여 자신을 잘 가꾸어야 한다. 마음이 불편하면 즐겁게 일할 수 없을뿐더러 오히려 상대를 곤경에 빠트릴 수도 있고 해를 입힐 수 있는 경우도 발생할 수 있음은 명심할 일이다.

한국에 태어난 것만도 감사하다

계묘년 새해 1월을 바쁘게 보내고 2월을 맞이한 어느 날 튀르키예, 시리아 강진이 세계를 흔들었다. 강진의 규모를 대변하듯 보도되는 뉴스마다 도로가 갈라지고 건물이 무너져 생존의 터를 다 빼앗긴 처참한 모습들이 황량하게 비쳤다. 한순간에 집을 잃고 부서진 건물 주변에서 처연하게 절규하며 흐느끼는 참담한 상황들은 저마다 슬픔의 그림자가 드리우고 있었다.

그런데 튀르키예! 튀르키예가 어느 나라지? 처음 듣는 나라인 듯 생소했는데 나 같은 사람이 또 있어서일까. 어느 시청자의 질문에 답하는 아나운서를 통해 우리가 익히 알고 있는 '터키'임을 알게 되었다.

무너진 건물 속에서 매몰된 생명을 구하고자 여러 나라에서 골든타임을 놓치지 않으려고 구조팀을 발 빠르게 보낸다는 뉴스다. 무겁고 두려운 마음을 다소나마 해소할 수 있는 빛이지 싶었다.

부상자들을 위한 도움도 절실하긴 마찬가지였다. 세계인이 다 같은 마음이었을까? 부상자들을 위한 의약품이나 긴급구호 물품 등이 우리나라를 비롯해 전 세계의 봉사자들과 함께 속속 현장으로 떠난다는 소식을 전하면서 국내 봉사자들이 떠나는 보도를 실시간으로 보도하고 있었다.

바쁘지 않은 사람이 어디 있을까만 국내도 아니고 국외에 시간을 내어 위험을 무릅쓰고 현장을 찾아 봉사한다는 것이 말처럼 쉬운 일은 아니다. 그러기에 봉사하는 분들은 생각하는 자체가 남달랐고 모두가 대단하게 비쳤다. 현장으로 떠나는 표정에는 주저한다거나 두려움은 찾아볼 수 없었다. 여진이 계속되어 위태로울 수 있는 곳으로 향하는 그들에게서는 긍지를 갖고 소명 의식에 대한 자긍심, 신념 하나로 뭉쳐진 듯했다. 그들에게서 인간적인 위대함을 엿볼 수 있었다.

대참사가 발생한 현장을 보면서 한국에 살고 있는 게 얼마나 은혜로운가 하는 생각을 했다. 지난날 아내가 지구촌 곳곳을 돕고 있는, 보통 사람과는 다른 삶을 살고 계시는 서타원 박청수 종사님을 따라 인도에 갔다가 돌아올 때 김포공항(인천공항이 개항하기 전)을 빠져나와 "아! 한국에 태어난 것만으로도 감사하다."라고 한 말이 떠올랐다. 세계에서 우리나라처럼 공기 좋고 아름다운 곳은 없을 것이다. 우리는 너무 잘살고 있다. 그러면서 한편으로는 현지의 어려움을 이야기하며 육체적인 고통도 힘들지만, 산소와의 힘겨루기가 더 힘들었다며 대한민국이 낙원이라는 말을 했었다. 그 기억은 얼마 동안 가시지 않았다. 말하는 표정이 정말 행복해 보였다. 다른 무슨 말이 필요하겠는가. 그 이상 더 절실한 말은 없을 것 같았다.

이 시대를 살아가면서 위대한 분들이 많겠지만 그 법사님은 보통 사람과 다른 삶을 살고 계시는 분으로 정말 상상을 초월하여 세계 60개국이 넘는 나라를 돕는 일을 하시면서도 자신을 내세우는 법이 없다. 손길이 필요하다고 생각되는 곳이면 지구촌 어디든지 찾아가 슬픔을 같이하고 아픈 사람들을 어루만지는 일생을 살고 계시는 분으로 능력의 한계를 좀처럼 가늠할 수 없었다. 그분의 이야기는 늘 가슴 뭉클한 감동을 준다.

지구상에서 제일 높은 고지의 마을이라 불리는 인도 히말라야 라다크, 그곳에도 도움을 주고 계시는데 그곳은 가고 싶다 해서 쉽게 갈 수 있는 곳이 아니었다. 그런데 아내가 그분을 따라 인도 라다크에 다녀온 것은 아마도 행운이었지 싶었다. 어찌 그 감사함을 잊겠는가.

마애여래 삼존상

6월을 장미의 계절이라고 한다. 솜털 같은 꽃 몽우리를 보면서 탄생을 느끼고, 피어나는 꽃들의 예쁜 색깔과 매력적인 모양에서 젊음을 확인하고, 지는 꽃잎에서 인생의 허무함을 배운다.

꽃은 반쯤 피었을 때가 보기 좋고 아름답다. 화사하게 활짝 핀 꽃들은 사람에게 기쁨과 행복을 선사한다. 어디 꽃들뿐인가. 사람들도 환하게 웃고 있으면 다정하고 친근하게 느껴져 다가가고 싶어진다. 양란처럼 멋진 인격적인 사람이 있는가 하면 인품이 동양란처럼 은은한 향기를 풍기는 사람도 있다. 그들은 항상 다른 사람의 좋고 훌륭한 점을 들추어내어 높여주고 칭찬하기를 아끼지 않는다.

꽃처럼 좋은 분들과 지난 주말 서산으로 문학기행을 다녀오기 위해 약속장소인 체육관 앞으로 갔다. 벌써 삼삼오오 모여 정담을 나누고 있었다. 모두 밝은 모습이었다. 담소하는 분들을 보면서 저리도 즐거울까 하는 생각이 들었다. 소중한 회원들과 함께한다는 것만으로도 하루가 즐겁지 않으랴. 좋은 추억을 만들 수 있으니 얼마나 감사하고 은혜로운 일인가.

버스가 출발하여 고속도로에 들어서니 차창으로 비치는 풍경은 눈을 즐겁게도 하고 마음을 아프게도 했다. 청정한 녹색의 향연은 영혼을 맑혀주는 것 같았으나, 가뭄으로 볼품없이 거북등처럼 바닥을 드러낸 저수지를 지날 때는 타들어 가고 있을 농부들의 마음을 생각할 때 나들이한다는 게 시기적으로 맞지 않는 것도 같아 편치 않았었다. 소나기라도 한줄기 내려주기를 바라면서 눈을 감았다.

버스에서 내려 용현리에 자리 잡고 있는 국보 제84호인 마애여래 삼존상을 향해 걸음을 옮겼다. 산길 따라 골짜기로 들어서서 계곡을 지나는데 바람은 시원하게 불어주는데 흘러야 할 물줄기가 말라 있으니 그 시원함도 가슴을 채워 주지 못하는 것 같았다.

바다에 가면 바다처럼 넓은 마음을 배워오고 산에 가면 깊은 골짜기에서 흐르는 물소리를 들으며 내면의 세계를 채우라 했는데 물이 없으니 날이 가문 뒤에야 비의 고마움을 안다는 참뜻을 이해할 수 있었다.

진리가 둘이 아니라는 불이문(不二門)을 지나 마애여래 삼존상 앞에 다다르니 해설사가 햇빛이 비치는 방향에 따라 부처님의 미소가 다르다는 설명에 시간 차를 두고 직접 보고 싶은 마음이 가득했으나 그리할 수 없어 아쉬웠다. 중앙에 자비로움과 여유로움으로 넉넉한 미소를 머금은 석가여래입상, 왼쪽에 따뜻하고 부드러운 미소를 간직한 제화갈라보살 입상, 오른쪽에 천진난만한 소녀의 미소를 품은 미륵반가사유상이 모셔 있는데 보는 시각에 따라 달리 보이는 신비함을 느낄 수 있었다. 또한 역사 속에 흐르는 백제의 미소가 어느 시대, 어느 때를 막론하고 인자함과 편안함과 온화함을 안겨주는 것 같았다. 더 신비한 것은 마애여래 삼존상의 영험 때문에 입시철이 되면 많은 사람이 찾는다고 하여 나도 자녀들 상생선연 만나게 해달라는 소망을 서원하고 다음 장소인 해미읍성으로 향했다.

해미읍성에 도착하여 성문을 들어설 때 문화해설사가 일행의 걸음을 멈추게 했다. 해설사가 성문 앞 왼쪽에 서서 청주에서 오셨으니 이것은 꼭 보고, 알아가야 한다며 진지하게 설명했다. 그것은 높은 성벽을 쌓을 때 왼쪽은 청주에서 쌓고 오른쪽은 공주에서 쌓았다며 그 표지석을 가르치는데 희미하게 청주(淸州)라는 흔적이 남아있었다. 그 흔적은 만일에 석축이 무너지기라도 하면 다시 가서 쌓아야 할 책임 흔적이었지만 지금은 역사에서 청주의 자존심을 세워주는 것 같았고 역사에 대한 인식이 더 새로워졌다. 그때의 청주는 해미에 비해 각 지방에서 생산된 농산물 등 생활물자가 집결하기에 용이하였고 교통과 국방의 요충지로도 지리적 이점이 있었기에 충청병영이 청주로 이설하여 충청 병마절도사가 주둔하였다는 설명도 부연해 들었다.

그렇게 흔적의 역사가 남겨진 해미성 성문을 들어서니 지나간 날 왜구들을 물리치기 위해 사용했던 총포들이 전시되어 있었다.

몇 점 안 되는 유물들이었지만 보면서 임진왜란의 참화와 6·25의 아픔을 생각하게 되었고 6월이 호국보훈의 달임을 되새기게 했다.

조국 수호를 위해 희생하신 님들을 기리는 6·6 현충일을 보냈다. 그리고 한국사에 잊지 못할 6·25가 다가오고 6·29 연평 해전 기념일이 다가온다. 연평 해전은 엊그제 같은데 벌써 20여 년이 흘렀다. 조국을 위해 자신의 목숨을 바쳐 돌아가신 거룩한 순국선열들의 고귀한 희생이 있었기에 오늘에 나라가 존재하고 있음을 알아야 한다.

슬픔은 나누면 반이 된다고 했다. 서로가 추모의 마음을 모으고 우리가 오늘 살고 있음에 감사하자.

5

케렌시아

모나게 살지 말라

여름 끝자락 햇볕이 따갑다. 뭉게구름을 뚫고 창문을 넘어오는 석양 노을이 평소보다 더 붉은데 스러져가는 빛이 쓸쓸해 보이는 것은 나이 탓일까. 내 삶의 일몰도 이미 시작되었음을 희끗희끗한 머리카락이 물음표를 던지는 듯 우수에 젖게 한다. 한 해 한 해가 다르다. 상대적 빈곤감을 탈피하려고 머리를 굴려 보지만 세월의 무게를 어찌 감당하겠는가.

소중한 만남이란 어떤 것일까.

현해탄을 오가며 40여 년이 흘렀으니 적다 할 수 없는 시간이다. 그 인연은 한순간의 만남이 연결고리가 되어 오래 지속되었다. 이론으로는 설명할 수 없는 만남이 잦아지면서 나이를 초월해 허물없는 사이가 되기까지는 많은 대화가 이어졌다. 특히 한국을 방문하는 횟수가 늘어나면서 자연스럽게 함께하는 시간도 늘어나 계획도 없는 동행이 낙엽 쌓이듯 켜켜이 쌓여 세월을 축냈으니 소중한 만남이 아닐까.

사회는 냉혹하고 냉정한 곳이라는 속설을 뒤로하고 모든 면에서 어울리지 않을 것 같은 만남은 바라보는 시각도 긍정적이지 않았다. 주위 분들도 얼마나 지속될까 많은 의구심을 가졌으나 의문의 시각은 기우로 끝나 선연으로 꽃이 피고 열매를 맺게 했다.

나도 처음부터 그분과의 인연이 그리 오래 지속되리라고는 생각하지 않았다. 시간이 흐를수록 마중을 나가고 배웅을 하면서 이끌림은 한 방향으로 합해졌다.

세월이 흘러 상대의 마음속을 이해하게 되니 좋은 점만 부각되었다. 항상 자상하고 너그러운 마음에는 변함없었다. 갈등이 일어날 수 있는 일에는 품어 앉으려는 마음으로 이해를 시키는 데 주저하지 않았다. 그러니 마찰이 일어날 수 없었다.

그렇다고 항상 맑은 날일 수는 없었다. 그러나 돌아보면 모든 게 은혜롭지 않은 것이 없었다. 하기야 이만한 관계가 유지될 수 있었던 것은 과분한 배려의 열매라 할 수 있다. 그 잊을 수 없는 은혜로운 인연이 일본에서 사업을 하는 재일교포인 신 모 어르신이다.

어르신과의 만남은 호텔에 근무를 시작하면서 고객과 직원으로 만난 사이다. 손님을 어떻게 하면 잘 모실까를 염두에 두면서 업무를 보던 어느 날 오후였다. 어르신은 재일교포 신분으로 체크인을 하셨다. 수속을 밟는 그분이 매우 작은 키여서 눈에 띄었다. 어눌한 한국말은 잘 들어야 해득할 수 있었다.

첫인상은 한 번에 각인될 수 있었으나 누구도 호감 가는 인상이 아니었기에 기억이 새롭다. 어르신은 로비에서 서투른 한국말과

유창한 일본말을 섞어가며 한국에 대해 자주 질문을 하셨다. 그러던 어느 날 한정식 잘하는 식당을 안내해 줄 수 있느냐고 물었다. 거절할 수 있는 위치도 아니려니와 서비스인으로서 긍지를 내세워 기꺼이 그리하겠노라 하고 앞장을 섰다. 한식도 여러 종류라 무슨 음식을 좋아하시느냐는 물음에 불고기를 좋아한다기에 인근에 불고기 잘하는 식당으로 안내를 했다.

세상사가 옷깃만 스쳐도 인연이라 했던가. 그 인연은 고구마 순이 햇볕을 받아 뻗어가듯 계속 이어져 냅킨에 물이 스미듯 자연스럽게 잣대로 잴 수 없는 관계가 생성되었다. 그 안내가 인연이 되어 40여 년을 이어갈 줄 누가 알았겠는가. 몰랐다.

사실 20여 년 넘게 나이 차이가 있었으니 누구도 오랜 세월 친분을 쌓아 가리라는 것은 예측 못 했다. 더구나 첫눈에 끌리는 외모가 아니었다. 또한 사는 곳이 다르므로 가까워지래야 가까워질 수 있는 여건이 아니었다. 속말로 치수가 맞지 않았다. 그러나 그 기우는 하나의 우려로 그치게 되었다. 그러니 어찌 은혜롭지 않겠는가.

피할 수 없는 운명이었을까. 어울리지 않을 것 같은 만남은 고객이 한 달이 멀다 하고 한국을 찾으면서 서로가 서로를 이해하며 오히려 궁합이 맞아 든든한 협력의 관계로 발전해 갔다. 세상은 우리가 알 수 없는 끌어당기는 기운이 있는 듯했다.

만남이 잦아짐에 따라 끌리는 감정이 남달랐다. 어느 때는 아버지 같고, 어느 때는 형님 같고, 어느 땐 친구처럼 대해 주시니 만날

수록 감정의 도화선에 불이 붙어 인연의 타래는 차곡차곡 쌓여갔다. 오실 때마다 사무적인 일이 끝나면 같이 식사도 하고 쉬는 날이면 민속촌이나 경복궁 등 관광도 하고 같이하는 시간이 싫지 않았다.

그러던 어느 날 함께 식사하는 중에 한마디 해도 되느냐고 물었다. 물을 일도 아니었다. 그때 조심스럽게 하는 말씀이 살아가면서 "오만으로 비치지 않는 것이 좋아. 나쁘지 않지?" 하셨다. 아마도 조금 안 것을 이야기할 때 너무 아는 척, 과장한다고 느끼셨던 모양이다. 당연한 충언이었기에 서슴없이 주의하겠노라 했기만 쉽게 고쳐지지 않았다. 그 후로도 그렇게 느낄 때면 똑같은 말을 반복해서 지적해 주셨다. 그럴 때면 아버지 같다는 감정이 들었으니 그 감사함을 어찌 잊겠는가. 그러나 지적받을 때는 알아듣고 고쳐야겠다고 다짐하는데 지나고 나면 옛 습성이 그대로 나타나 처신하기가 매우 부자연스러울 때가 종종 있었다.

사람의 습관이란 처음부터 잘 길들여야 하는 이유일 것이다. 그때는 그러한 것이 미안해 얼굴을 들 수 없었는데 지금은 미소를 머금을 수 있는 아련한 추억이 되었다.

항상 좋은 일만 있는 것은 아니었다. 골프채 때문에 관계기관의 조사를 받으면서 하룻밤을 새우고 나오셨을 때 얼마나 많은 걱정을 했던가. 그 시절 골프 치는 인구도 적었지만, 골프를 칠 정도면 경제적인 뒷받침 없이는 꿈도 못 꾸는 시절이었다. 그때 골프채 한 세트는 호텔에 보관해 두고 한 세트는 가지고 다니셨으니 요주의 인물로 감시 대상이었던 모양이다. 당연히 관계기관에 주목을 받을 수밖에 없었다. 그러한 사실을 전혀 알 턱이 없었기에 걱정한다고 달라질 것은 없었으나 기다리느라 뜬눈으로 밤을 새우다시피 했었다. 다음 날 웃으면서 호텔 문을 열고 들어오시는데 눈물이 핑 돌았다.

그렇게 시작된 인연이 40년 넘게 오랜 세월을 지속하였으니 참으로 소중한 인생길을 걸어왔음이다.

처음 우리 집으로 초대해서 음식 대접을 했을 때이다. 반찬이 입에 맞으셨는지 고맙다는 인사를 너무 많이 받았다. 그리고 다음 올 때마다 전자제품 등 선물을 이것저것 많이 챙겨 오셔서 부담이 되기도 했다.

그때 식사가 끝나고 하신 말씀이 "모나게 살지 말라, 모나게 살면 자신의 성격만 거칠어져."라고 이르셨다. 부연해서 모난 돌이 정 맞는다고 냇가에 구르는 돌도 세월이 흐르면 모난 부분이 달아 둥글게 된다며 둥근 돌 같이 살아야 한다는 말씀은 지금도 생생하다. 아마도 까칠한 행동에서 영감을 받으셨을 테지만 그 후로 언행에 많은 조심을 하게 되었다.

그렇게 세월이 흐르면서 내가 직장을 옮기면 옮기는 데로 따라 다니셨다. 특히 청주로 와서 호텔을 신축할 때 한국에 오시면 현장에 오셔서 일하는 분들의 사기를 북돋아 주셨다.

여름철 어느 날이다. 수박 파는 리어카를 통째로 사가지고 공사 현장으로 끌고 오셨다. 인부들에게 주면서 먹으라 하니 처음에는 거짓말을 하는 줄 알았다가 장사가 이것 다 사셨다고 하니 서로가 주먹으로 수박을 쪼개 먹는 것을 보고 흐뭇해하시는 모습에서 또 다른 면을 엿보게 했음이다. 나중에는 주방에서 나와 먹기 좋게 잘 쪼개었고, 남은 수박은 직원들 하나씩 집에 가지고 가게 했으니 그 은혜가 어찌 말로 다 할 수 있겠는가. 그뿐인가, 겨울에는 추운 현장에 따끈한 호빵을 사 와서 몸을 녹이게 했고, 때로는 통닭을 사 와 맥주 한 잔씩 마시게 한 배려는 두고두고 갚아야 할 은혜로움이었다.

그리고 호텔이 오픈된 후에는 한국에 오시면 아예 근무하는 호텔에 숙소를 정하고 볼일을 보러 다니셨다. 그러니 몸도 더 피곤하고 금전적인 지출도 무시하지 못했을 텐데 불평 한마디 없이 그 길을 함께해 주셨다. 세상사가 새옹지마라 했던가, 전국을 다니시면서 미식가의 모습을 보여 주었던 기억도 켜켜이 쌓여 있는데 이제는 하나의 은혜로운 추억으로 간직될 소중한 인연일 뿐이다. 코로나19가 그렇게 만들었고, 세월이 그렇게 만든 것이다.

피켓 속 인연

미국에서 오는 딸을 마중하기 위해 인천공항을 향해 출발했다.

공항에 도착하고 보니 너무나 많이 변해 어디가 어디인지 분간하기 어려웠다. 공항을 다녀간 지 꽤 되어 몇 년 만인가도 기억에 없었다. 가고자 하는 곳을 가기 위해 운전하며 이정표를 따라가는데 안내가 잘 되어 있음에도 많이 헤맸다. 제2청사가 생기기 전에는 한 달에 2~3번 정도 공항을 다녀갔는데 나이 들어 공항에 볼일이 없는 데다 코로나까지 겹쳐 세월을 건너뛰다 보니 공항 다녀간 기억이 까마득했다.

젊었을 때 가끔 외국에서 오시는 손님을 마중하기 위해 공항을 찾았던 리듬 감각은 내 것이 아니었다. 그때 체험하고 경험했던 기억으로 다 알 것 같았는데 아니었다. 도착 시간에 맞춰 늦지 않게 마중 나가곤 했으나, 막상 공항에 도착해서 전광판을 보다보면 종종 희비가 엇갈릴 때가 있었다.

비행기가 정시에 도착하면 문제될 게 없다. 그러나 연착이 되면 심경의 변화가 그 지연 시간에 따라 달라진다. 도의적으로 용인될 수 있는 시간이라면 그런대로 참겠는데 그 예상 시간보다 많은 시간이 연착되면 당혹스러움을 넘어 난감할 때가 있다. 또 지연된 시간 때문에 다른 약속에 차질이 생길 때는 애가 타고 어찌할까 전전 긍긍해지며 극도로 불안하다.

그날도 그랬다. 일본에서 오시는 인연을 마중하기 위해 인천공항에 갔을 때이다. 처음으로 한국을 방문하는 다께다 씨의 편지 한 장을 받고 서비스 차원에서 호의를 베풀기 위함이었다. 처음 오시는 분이기에 실수하지 않으려고 2시간 이상 여유를 갖고 출발했기에 공항에 도착해서도 시간적 여유는 충분했다.

그런데 이를 어쩌랴. 전광판에서 도착 시간을 살피는데 도착 예정 시간보다 2시간 이상 지연된다는 것이 아닌가. 참으로 난처해졌다. 거부할 수 없는 시간 앞에 계획했던 시간이 비바람에 나무 꺾이듯 꺾일 수밖에 없었다. 꼬인 시간을 풀어보려고 애썼으나 허사였다. 이럴 수도 저럴 수도 없어 몇 번이나 머뭇거리며 망설이다가 마음을 비우기로 했다.

다음 약속을 취소하는 것이 옳은 처사라고 생각되어 마음을 바꾸었다. 한국에 처음 오는 분이어서 첫인상을 흐리게 하고 싶지 않았기 때문이다.

매 순간 선택하며 사는 게 인생이라지만 서로가 이로울 수 있는 길을 택하기 위해 하나를 내려놓으니 그만큼 여유가 생겼다. 여유 있는 시간을 어떻게 쓰느냐는 자신의 몫이었다. 넉넉해진 시간을 허투루 쓰고 싶지 않아 이곳저곳 눈요기를 하고 있었다.

그러다가 입국장을 빠져나오는 승객들의 모습에 시선이 고정되었다. 각양각색의 의상들이 한 폭의 그림 같았다. 바쁘게 오고 갈 때는 전혀 느끼지 못했었는데 어느 패션쇼장을 보는 듯했다. 그중에서도 매우 화려한 의상에 시선을 집중하고 있는데 큰 소리가 시선을 돌려놓았다. 여기요 여기! 하는 목소리가 너무 컸다. 모두의 주목을 받기에 충분했다. 그러나 정작 본인은 여러 시선이 자신을 향하고 있다는 것을 의식하지 않았다. 공항에서나 있을법한 풍경이다. 소리 나는 곳에서는 마중 나온 사람의 기쁜 함성이었다. 손을 흔들며 목을 최대한 빼고 계속 "여기요! 여기!"를 외쳤다. 기다리던 사람이 오는데 어찌 반갑지 않겠는가. 머나먼 타향에서 귀국하는 길손들이 바다에서 살다가 모천으로 회귀하는 연어들을 연상케 했다.

예나 지금이나 피켓을 들고 도착하는 분들을 기다리는 모습들이 친숙하게 들어왔다. 입국하는 이들의 표정에서 마중 나오는 사람이 있는지 없는지 확연히 구분되었다. 마중 나올 사람이 있으면 출국장 나와 일단 멈춤을 한다. 그리고 사방을 두리번거린다. 마중 나와 있는 모습이 확인되는 순간 얼굴이 환하게 펴진다. 뿐만 아니다. 환하게 웃는 모습은 기다리는 사람도 마찬가지다. 그러나 마중 나올 사람이 없으면 좌우 살피지 않고 그대로 직진해서 공항을 빠져나간다.

대부분 처음 오는 분을 마중할 때는 얼굴을 모르니 피켓을 들고 기다린다. 나도 피켓을 들고 기다렸다. 탑승 손님이 다 나왔을 법한데도 피켓의 주인은 나타나지 않았다. 자리를 떠야 하나 더 기다려야 하나 망설이는데 아주 작은 체구에 연세가 지긋한 분이 머뭇거리면서 조심스럽게 다가왔다. 곧이어 자신의 이름을 확인하고는 만면에 미소가 번졌다. 그 기뻐하는 얼굴이 지금도 선하다. 그 한 번의 인연으로 꽤 오랫동안 만남이 이루어졌다.

다께다 씨는 모 대학과 예도(禮道)에 대해 교류하기 위해 내한했는데 내가 마중을 나가게 된 것이 인연이 되어 오랫동안 관계를 유지하게 되었다.

다께다 씨와는 나이 차이가 크게 나는 데다가 서투른 일본어로 대화를 하다 보면 뜻이 잘 이해되지 않아 한문으로 글씨를 써가며 상대의 의중을 살폈는데 종합해보면 우리의 얼을 지켜야 한다는 마음이 저절로 들었다.

현대 교육이 예(禮)를 따라가지 못하는 것이 역사 인식이 부족한 것 같다고 하셨다. 역사의식을 잘 심어 뿌리 내리게 해주는 것이 참교육이라는 말에 저절로 고개가 숙여졌다. 특히 의(義)를 잃으면 예(禮)라도 지킬 줄 알아야 하는데 세상이 어떻게 되어 가려고 의(義)는커녕 예(禮)까지 실종되고 있으니 걱정이다는 말에 공감했다. 덧붙여서 너무 외래문화에만 집착하는 것은 심히 잘못된 처사라고 경계해 주셨는데 이제는 기억의 한계를 극복하지 못하고 잊혀 간다. 시행착오도 있겠지만 동방예의지국을 자처하는 처지에서는 잘못된 것이 있으면 바로잡아야 한다는 말씀에도 공감했다.

산다는 것이 무엇인가. 자아(自我)를 잃지 않아야겠다. 자신의 삶에 충실하는 근본 문제를 살펴 미래를 설계하는 기폭제로 삼아야겠다고 생각했다. 단순한 생각에 머무르지 않고 진정한 해답을 찾고자 세월을 쓰고 싶은 마음도 있었는데 그리하지 못했다.

이러한 생각하게 했던 다께다 씨는 옷깃만 스쳐도 인연이라는데 얼마나 은혜로운 인연인가. 시간이 흐를수록 뵙고 싶어진다.

친구

나이가 들어 철이 들어감일까?

남의 말에 귀 기울여 들으려고 한다.

젊은 시절에 내가 옳다고 생각하면 남의 말을 들으려 하지 않았다. 그것이 얼마나 모자란 아둔함이라는 것을 인식하지 못했음이다. 익어가는 나이 앞에 장사 없다고 했던가? 신앙생활을 하며 마음공부를 하다 보니 젊어서 내 주장을 굽히지 않고, 내 말만 앞세워 남의 말을 들으려 하지 않았던 일들이 겸양을 상실한 떳떳하지 못한 행동들이었다는 것을 요즈음 실감하며 살아가고 있다.

얼마 전 친구를 만나기 위해 약속을 했는데 약속장소가 고속버스 터미널 영광 승차장 앞이었다. 고향으로 가는 버스 승차장 앞이라 바로 알 수 있고 금방 찾을 수 있었다. 젊은 시절 실속 없이 호텔 커피숍이나 메이커 있는 카페 같은 곳을 선호하며 겉만을 중시하던 때가 비교되어 느끼는 바가 덤으로 따라왔다.

승강장 앞에서 만난 친구와 2층에 자리 잡고 있는 식당에서 점심식사를 같이하고 바로 옆 다방으로 자리를 옮겨 3시간을 넘게 이야기해도 시간이 모자랐지만 예매한 승차권이 시기하며 빨리 일어나라 재촉하는 바람에 아쉬움을 남기고 헤어졌다.

버스가 출발해 평소 같으면 스르르 잠이 들렀을 텐데 다른 때에 비해 정신이 말짱했다. 창밖의 풍경 속에 친구와의 어린 시절이 스크린의 영상처럼 지나갔다.

친구를 떠 올리면 중학교 때 읽었던 동몽선습에 나오는 오륜에 하나인 '붕우유신'이 떠오른다. 친구 사이에는 신뢰와 믿음이 있어야 하는 의미를 담고 있다.

신뢰는 사회생활을 하는 모든 사람이 개인이나, 가족이나, 단체 사이의 인간관계에서 지켜야 할 도리지만 특히 친구 사이에는 믿음이 없으면 지속될 수 없으므로 서로 존중해야 할 가장 중요한 요소이다.

원하는 삶을 산다는 것이 어디 쉬운 일인가? 특히 남을 의식하지 않고 자신만의 길을 간다는 것은 더욱 어려운 일이다. 상대를 대하면서 체면이나 자존심 때문에 주눅 들지 않고 눈치 안 보면서 하고 싶은 말, 하고 싶은 행동, 자신의 감정을 표출하며 산다는 것이 매우 어려운 일일 진데 친구는 평생을 그렇게 당당하게 살아 왔지 싶다. 지금도 경제적으로 부유하다거나, 세속의 지위가 높다거나 하지 않지만, 항상 긍정적이고, 양심을 거스르지 않고, 어려운 친구나 주변을 이해하려는 마음으로 살지 싶었다.

어릴 때의 일이니 참으로 오래된 이야기이다. 친구는 어떻게 그러한 생각을 하였을까? 지금도 믿기지 않지만, 그때를 회상하면 이렇다. 고향에서 홀로 생활하시는 할머니께서 전하는 말은 아야! 니 친구 자형이가 선물을 사가지고 이 할미한테 와서 명절을 쇠고 갔다. 그 말을 들었을 때 마음이 먹먹하고 울컥했었다. 아무리 마음이 끌려서 한 일이라지만 결코 쉬운 일이 아니었다. 더구나 지금 같이 교통이 편리할 때가 아니었으므로 서울에 살고 있는 나로서는 명절에 고향에 가는 것이 쉽지 않았다. 그런데 독자인 손자를 대신해 아무 연락도 없이 홀로 계시는 할머니께 효를 다해 주었으니 얼마나 고마운 일인가. 명절을 자신의 집보다 할머니한테 와서 시간을 함께해 준 그 마음을 어찌 잊을 수가 있겠는가.

누구나 명절을 자기 집에서 보내고 싶은 것이 인지상정이거늘 어떻게 혼자 계신 친구 할머니를 찾아가 명절을 보낼 수 있었을까. 그때 할머니께서 칭찬했던 말들은 다 갚아야 할 은혜였다.

믿음은 겉치레가 아니다. 사실을 왜곡하지 않는 진실한 행동, 신뢰가 바탕이 되었을 때 서로 보고 싶고, 만나고 싶은 공감대를 형성할 수 있다.

친구가 최전방에서 근무할 때이다. 한 번 다녀가라는 말 한마디에 장소는 잊었지만 묻고 물어 친구를 찾았던 시절이 새롭다. 그 시절은 검문이 매우 심했다. 더구나 최전방부대를 찾아가는 것이니 여러 차례 검문이 있었다. 버스를 세우고 군인이 올라와 경례하고 "검문하겠습니다" 하면 죄짓지 않았음에도 겁을 먹고 주눅이 들었던 기억을 하면 지금도 몸이 움찔해진다. 그때와 비교하면 참으로 좋은 세상에 살고 있음이다.

친구란 잘 들어 주고, 잘 받아주며 호응한다면 멀리 떨어져 있어도 마음이 연하는 것이 아닐까? 친구는 그 후 최전방에서 나와 자원해 월남을 가게 되었다. 그런데 포탄이 쏟아지는 월남에서 선물이라며 트랜지스터라디오를 보내주었다. 생각할 수도 없었지만, 너무 뜻밖이었기에 깜짝 놀랐다. 라디오가 귀한 시절이었다. 예쁘기도 했지만 들고 다니면서 방송을 들으니 주변에서 보고 부러워했다. 자랑거리 1호였었다. 어떻게 구해 보내주었을까? 그 마음은 짐작하고도 남음이 있었다. 더구나 전쟁터에서 보내준 선물이기에 얼마나 소중했을까는 말하지 않아도 짐작할 수 있음이다. 애지중지 아끼면서 오래도록 즐거움을 주었는데 오래 사용하다 보니 고장이 잦아졌다. 나중에는 고치려 해도 부품이 없어 고치지 못해 애장품으로 보관했었는데 청주로 이사 오면서 잊어버린 줄도 모르게 내 곁을 떠났다.

순수한 마음으로 살아갈 수 있는, 그 어디에도 얽히지 않고 반듯한 마음으로 동행할 수 있는 따뜻한 마음을 갖은 친구는 그 후 귀국하고도 고향에서 사진 일을 하면서 자주 할머니를 찾아뵙고 인사를 드렸던 너그러운 마음을 가졌다. 기회가 있을 때마다 우리 가족을 필름 속에 담아 주었기에 추억이 될 만한 많은 사진이 앨범을 지키고 있다. 누구를 위해서가 아니라 서로를 위해 각자의 존재를 존중할 줄 아는 사이라면 좋은 친구가 아닐까.

또 잊지 못할 친구가 있다. 지금은 소원해져서 만나지 못하고 있지만 젊은 시절 친구가 경찰에 몸담고 있을 때 우리 가족을 많이 도와주었고, 일본에서 나오시는 손님의 물품을 공항에서 반품조치 해야 할 가방을 어렵사리 잘못을 바로잡아 찾게 해주었던 기억은 고마움도 고마움이지만 한국의 이미지를 좋게 하는 계기가 되었었다. 그분이 한국을 찾을 때마다 친구의 이야기를 꺼내곤 했었다. 민간외교인의 역할을 톡톡히 한 셈이다. 은혜로운 인생길에 함께한 친구가 이들 뿐이겠는가.

친구란 도울 때 보답을 바라고 돕는 것은 바람직하지 못하다. 그것은 계산하며 하는 행위일 뿐이다. 그 행위는 기대에 충족지 못하면 친구의 의중과 관계없이 인간관계가 나빠질 수 있고 스스로도 상처를 받을 수 있음이다.

좋은 사람과 걷는 길은 멀리 가도 지치지 않은데 싫은 사람과 가는 길은 가까운 길을 가더라도 스트레스가 쌓인다고 하지 않은가. 어느 선택을 하는가는 자신의 몫이라 여겨진다. 은혜를 입었으면 그 은혜를 알아 갚아야 그 관계가 영원할 수 있다. 그러한 마음 씀이 없다면 친구로서의 믿음에 금이 갈 수밖에 없다.

시시콜콜 따지지 말라는 말이 있다. 잘잘못을 따지기보다는 감싸주며 조금은 모자란 듯 사는 것이 더 잘 사는 길이라고 하지 않은가. 따지지 말고 순간을 참으면 웃을 수 있는 붕우유신이 되지 않을까 싶다.

취중에 진담

K대 사회교육원에서 야간수업을 받던 어느 날이다. 창문 밖에 비치는 겨울 추위가 몸을 움츠리게 하고, 빈 가지에 매달려 있는 몇 잎 남은 낙엽이 창문 밖에서 열심히 하라고 손을 흔드는 듯 세찬 바람이 지나가고 있음을 알린다. 마지막 시간이 되니 시장기가 동해 출출한 감성이 배고픈 뇌관을 건드려 허기를 부추기는 것 같았다. 지루했던 수업이 게으른 선비 책장 넘기듯 끝나고 굼뜨게 자리를 정리하는데 오 교수님이 다가와 말을 걸었다.

"밤늦게 학교생활 힘드시죠?"

"견딜 만합니다."

"지나고 나면 보람을 느끼실 거예요."

"그렇게 생각합니다."

"얘기 끝에 늦은 시간이지만 맥주 한잔 어떠세요."

"지치고 힘든데다 출출했던 식욕이 이때다 싶었을까."

예의상 하는 사양도 물리치고, "예! 괜찮습니다." 스스럼없이 대답했다.

젊은 시절이었다면 감히 학생이 교수님과 대작한다는 것은 언감생심이었는데 흰 머리카락 몇 올 번지기 시작했다고 담대해졌다. 그렇게 교수님과 맥주잔을 기울이게 되었다.

술잔을 주고받으면서 교수님께서 술에 취하면 말이 많아지고 말이 많으면 쓸 말이 없다. 그래서 조선 후기 문신인 허목은 기언(記言)에서 "경계할지어다"라는 말을 했는데 말을 경계하라는 것은 말뿐 아니다. 삶에서 경계해야 할 것이 많은데 술도 그중의 하나이다. 술은 좋은 것이지만 적당히 마시는 것이 좋다며 잔을 채웠다. 공감하는 말씀이기에 그러겠노라고 동조하고 호응했는데 시간이 흐를수록 말이 많아지기 시작했다.

술은 오묘한 힘을 갖고 있다. 취하면 꼭 그날 해야 할 일을 건너뛰게도 하고, 의연함을 잃게도 하지만 과감하거나 용감해진다. 필요치 않은 감성이 두둑해지거나, 쓸데없는 배짱을 부려 감당하지 못할 뒷날을 기약하게도 한다. 어겨서는 안 될 그 날의 약속을 건망증에게 일임해 낭패를 보게도 한다. 잘 알면서도 술잔 부딪히는 순간순간이 길어지면서 또 다른 세계에 접어들어 미묘한 경험을 하게 한다.

취기가 오르니 말이 확실히 많아졌다. 그리고 대담하고 용감해졌다. 평소에 할 수 없었던 대화도 가감 없이 많아졌다. 경제가 어떻고, 정치가 어떻고, 누구는 잘났고, 누구는 못났고 등등 세상 사는 이야기를 안주 삼았다.

당연히 쓸모없는 논쟁이 서로의 목소리를 한 계단씩 높이고 있었으나 주위의 시선은 아랑곳하지 않았다. 그러다 대담해진 마음은 가슴속 깊이 간직하고 있던 한들을 풀어놓았다. 그 한을 풀어놓으면서 '대학에 가지 못한 것이 한'이라는 주정을 했던 것 같다. 얼마나 많이 마셨는지는 기억이 가물가물하다. 반추해 보니 지난날 어려웠던 시절을 떠올리며 대학을 못 간 것이 한이다는 말을 반복하니 취중에 반복된 한을 들으면서 교수님께서는 한 계단 더 높은 톤으로 "대학 가게 해주면 될 것 아니야." 하는 말이 입속에 있지 못하고 밖으로 세상 구경을 나온 것이다.

끝없이 올라가려던 목소리가 소금에 절여 부드러워진 배추처럼 갑자기 말투가 부드러워졌다. 몽롱하고 산만해졌던 정신이 잠시지만 번쩍 들었다. 그리고 "정말입니까?" 취한 정신에 다짐한답시고 "거짓말 아니죠?"라고 확인까지 한 모양이다.

일상생활을 할 때 모든 일에 정성을 다 해도 삶 자체가 희망적이지 못할 때가 있다. 그것은 결국 자신의 삶을 엉성하게 관리하면서도 그 잘못을 인정하지 않고 그 늪에서, 그 타성에서 벗어나려는 노력이 필요한데 술의 힘을 빌려 그 희망의 끈을 잡으려 했음이다.

그날의 정황으로 보아 교수님의 말을 액면 그대로 믿는다는 것은 부질없고 어리석은 환상이라고 생각되었다. 그것은 하나의 희망 사항이라고 여겼다. 그러나 한편으로 괴로운 마음을 술에 힘을 빌려 하소연하고, 넋두리 같은 말을 했을 때 들어주고 대학에 가게 해준다는 그 의중이 너무 소중하게 여겨졌을 것이다. 물론 부탁하고 부탁받는 의존적 관계가 아니었으니 그 약속이 물거품이 되었다 해도 탓할 수 있는 대화는 아니었다. 하기야 취한 정신에 진실이면 어떻고 거짓이면 어떠랴. 취해서 술술 나오는 말인데. 그렇더라도 기분이 좋았다. 헛말이 될지언정, 사라져버리는 메아리가 되더라도 자석처럼 끌리는 것은 당연했다.

아무리 한이 맺힌 게 많더라도 왜 지우지 못하고 술좌석에서까지 끌고 다녔을까? 하는 생각도 있었지만 그러한 기억은 그날 이후 뇌리에서 모두 지워졌었다.

그러나 인생사란 때로는 생각지 못한 의외의 일이 일어나 당황하게도 하며, 때로는 생각지도 못한 기쁜 일이 생겨 즐거움을 주기도 한다.

바쁜 일상에 쫓기던 어느 날이다. 낯선 분이 찾아오셨다. 중년의 나이에 처음 뵙는 분이었다. 그런데 언제부터인지는 모르지만, 세월이 쌓여가면서 사람 알아보는 눈이 자꾸 정상에서 멀어지고 있었다. 그러기에 혹시 전에 뵈었는데 몰라보고 실수는 하지 않을까 염려되어 조심스럽게 자리를 권했다.

"무슨 일로 찾으셨어요?"

"김 전무님 되시죠?"

"예! 그렇습니다."

잠시 말문을 열지 못하다가 명함 한 장을 내놓았다.

명함에는 충북전문대학 관광통역과 학과장 H교수라고 쓰여 있었다.

처음 만나 느끼는 첫인상이 사람마다 정도의 차이는 있으나 상당히 서민적이고 인간적인 체취에 호감이 갔다. 명함을 주시면서 조금은 주저 하시다가 대학에 가고 싶다고 하셨나요? 하고 물었다.

초면에 앞뒤 없이 너무나 뜻밖의 질문이라고 생각되었다. 담담하게 받아들일 수 있는 질문이 아니었다. 지금까지 살아오면서 대학에 대한 동경은 수없이 했으나 막상 짐작도 할 수 없는 질문을 받고 보니 의외였다.

처음 자리에 앉을 때 왜 찾아오셨을까? 하는 궁금증보다는 대답을 어떻게 해야 하나. 답변이 궁해졌다. 미루어 유추해도 왜? 라는 물음이 앞섰다. 갑자기 대학에 학생이 부족하다더니 이렇게 모집하러 다니나, 하는 생각도 들었다. 망설이다 내 나이가 몇인데 하는 부정적인 생각이 들어 정중하게 거절 의사를 표했다.

나이가 많은데 어떻게 대학을 가겠습니까? 그런 일 없습니다, 라고 대답을 했다.

잠시 생각하더니, 경기대 오 교수님을 아느냐고 물었다. 잘 알고 있다는 내 말에 오 교수님과 나눈 대화가 없느냐고 물었다. 예! 하고 잠시 더듬거렸다. 그리고 망각의 틈바구니 속에서 간직한 기억을 찾기 위해 애를 썼다. 시간의 흐름을 지켜보던 H 교수가 다시 오 교수님께 대학에 가고 싶다고 하지 않았느냐고 물었다. 그때서야 초능력이란 돌연변이가 나타나 융통성을 발휘해 다 잊은 기억을 되살려 놓아 스스로 깜짝 놀랐다. 희미하게 지난날의 기억이 되살아났다. 분명 그날의 약속은 기억에서 지워졌었는데 선명하게 클로즈업되었다.

그때서야 "아! 예! 그랬습니다." 조금은 당황했지만, 정신을 되돌렸다. "그것은 취중에 한 말인데요. 이미 다 잊었습니다." 잠시 침묵하시던 교수님은 "늦었다고 생각할 때가 시작할 때라는 옛말이 있지 않습니까. 기회가 있을 때 생각을 해 보시지요."

"기회요?"

오 교수님의 부탁도 있고 산학협력에 의한 기회가 마련되었으니 응시를 하는 것이 어떻겠냐는 의견이었다. 갑자기 받은 제안에 놀랍기도 했으며 한편 고마웠다. 허나 부질없는 자존심 내세울 처지도 아니련만 풀기 어려운 문제를 앞에 두고 고민하듯 속이 타니 물컵만 귀찮게 했다.

무뎌진 몸과 정신으로 무엇을 얼마나 이뤄낼 수 있을까? 꿈은 이루어진다지만 욕심은 금물이라는 생각이 떠나지 않았다. 그러나 맺힌 한이 희망의 씨를 뿌리라고 재촉을 했다. 교수님이 속 타는 마음을 눈치챘음일까.

선행기언(先行其言) 이후종지(而後從之)라, 자신의 말을 실행하면 남들도 따르게 된다는 말씀을 인용하셨다. 아무리 취중에 한 말이라도 오 교수님이 먼저 실천해 주셨으니 이를 따르면 결과가 좋을 것이니 자신감을 가지라고 했다. 얼마나 은혜로운 말인가. 그 말을 들으니 아니 따를 수 없었다.

능력이 부족하더라도 성취하려는 꿈이 있어야 한다. 꿈이 없으면 한도 이룰 수 없다. 분수를 지키면서 도전하라는 메시지가 내면에서 밀고 올라왔다. 끝내 고사하지 못하고 승낙을 했었다.

송구한 마음이 들었다. 대학에 가겠느냐는 말만으로도 가슴이 설레었는데 가는 길을 밝혀주셨으니 얼마나 감사한가. 그렇게 취중에 진담 덕분에 대학의 문턱을 넘게 되어 은혜로운 인생길을 밟게 되었다.

꼬라지 내다

재래시장에 생필품을 살 일이 있어 붐비는 사람 사이를 지나가는데 사람들이 웅성거린다. 궁금해서 귀동냥하는데 나이가 지긋한 분들이 실랑이하는데 전라도 사투리가 심했다. 무슨 일인지는 몰라도 한 분의 말투가 사뭇 도전적이었다.

"야! 니가 꼬라지 내 봤자 내가 무서워할 줄 아냐?"

"야! 내가 언제 꼬라지 부렸냐? 니가 먼저 부렸지."

"야! 니가 꼬라지 냈잖아."

"긍께 내가 언제 꼬라지 냈냐고?"

순간, 옥신각신 다툼에 그냥 웃음이 새어나왔다. 두 분의 속사정을 알 필요가 없어 그 자리를 지나쳤다.

사야 할 물건을 찾아 눈이 부지런히 움직이는데 진열된 농산물들이 모두 싱싱하고 좋아 보였다. 한 바퀴 돌아보고 그중에서도 좋고 저렴한 물건을 구입하여 차에 싣고 출발하는데 좀 전에 들었던 '꼬라지 내다'라는 말이 계속 맴돌았다.

얼마 전에 존경하는 법사님께서 '꼬라지 내다'라는 제목으로 설법하신 말씀이 떠올랐다. 기억력이 좋지 않은데도 생각나는 것을 보면 아마도 전라도 특유의 방언인 데다 고향 말이어서 더 정겹게 들렸던 것 같다. 이심전심이라 했던가. 알 수 없는 힘의 작용은 귀를 기울이게 했고 집중해서 들었기에 공감하는 부분이 많아 연신 고개를 끄덕였다.

지금은 모 대학 총장님으로 계시는 인산 법사님께서 가족 이야기를 너무 편하게 하셨다. 형제가 7남매였는데 법사님이 장남이었다. 어느 날 아침에 식사하는데 한 명이 밥상에 나타나지 않았다.

식구가 많으니 한 사람쯤 빠져도 모를 법한데 누군가가 한 명이 나오지 않았다고 찾았다. 안 나온 사람 찾는 것은 당연하지 않은가. 그런데 아버지께서 "냅둬라, 꼬라지가 나서 그러는 게다."라고 하셨다. 아버지라면 "빨리 찾아와라"할 법도 하련만 그대로 두라는 것은 무언가 다 알고 계신다는 말투였다. 그 말씀에는 여러 가지 의미가 담겨 있었다. 자식 굶기고 싶은 부모가 어디 있겠는가. 그러나 엄히 할 때는 엄히 해야 한다는 뜻이 있었지 싶다. 그런데다가 나쁜 버릇이 물들기 전에 고쳐야 한다는 의중도 있었으리라.

사실 그 시절은 꼬라지 내는 것은 눈 뜨고 보아 넘길 수 없을 때라고 하셨다. 아마도 어른들의 말씀이 법이라고 생각했음이다. 그래도 그 말씀을 이해하지 못했는데 지나고 보니 많은 가르침이 그 안에 있었다고 하셨다.

설법을 요약하면 다음과 같다.

스승이 내 하는 행동을 놓고 꼴불견이라 할까? 아닐까?

성인의 말씀대로 살면 꼴불견이 아니다.

성자의 말씀, 스승의 말씀대로 살면 꼴불견이 아니다.

그렇게 살기 위해서는 신심이 있어야 한다.

무슨 일이든 스승님을 닮으려고 했을 때 스승님과 하나 되는 것이다. 그러기 위해서는 스승님의 말을 믿어야 한다. 믿으면 내가 편하다. 믿음, 즉 신(信)에 대한 말씀을 여러 차례 강조해서 해 주셨다.

믿음에 대한 또 하나의 기억은 자신이 필요하고 원하는 것이 있다면 그것이 지식이건 물질이건 어디 있는 줄 알아야 한다.

지식이 필요하면 스승을 찾아야 할 것이고, 책이 필요하면 서점이나 도서관을 찾아야 하듯이 필요한 것은 필요한 것이 정확히 어디 있는가 알아야 가져올 수 있음이다.'

사람들은 자신의 생각에, 자신의 구미에, 자신의 의중에 맞지 않으면 화를 내거나 성질을 부린다. 그럴 때 전라도에서는 꼬라지를 부린다는 표현을 많이 한다.

오랜만에 시장터에서 들어보는 '꼬라지 내다'라는 말이 정겹다. 성깔을 부리고 화를 낸다는 뜻이 내포되어 별로 좋은 말이 아닌데도 정겹게 들리는 것은 왤까. 아마도 어린 시절 철모르고 여기저기 천방지축 꼬라지를 많이 부렸던 그림자가 추억을 소환해서일까.

한 번은 다툴 일도 아니었는데 실랑이를 하다 어찌 실수로 상대의 얼굴에 상처를 입히고 꾸지람을 심하게 들었다. 그래서 꼬라지 부린다고 헛간 볏짚 속에 숨어있다가 잠이 들어 버렸다. 식사 때가 되어도 나타나지 않았으니 이를 어쩌랴. 본의 아니게 또 어른들 걱정 끼치게 하는 결과를 초래했다. 그냥 넘어갈 시대가 아니었기에 가중처벌로 마음이 쓰렸던 어린 시절의 기억이 희미하게 남아있다.

세상사는 사소한 일 때문에 성내는 일이 많다. 사회생활이 어렵다 보면 더욱 그러한 경우가 많이 나타난다. 막걸리 한잔 잘 기울이다가도 잔을 뒤집기도 하고, 장기를 두다가도 장기판을 업기도 한다. 그뿐인가 바둑 애호가들이 바둑을 두는데 옆에서 구경하던 사람이 훈수 한마디 했다고 다툼이 되어 주먹다짐으로 번져 경찰서 출입까지 하게 된다면 그게 꼬라지를 낼 일이던가.

사람들은 지나고 나서 하는 말이 "그러기에 꼬라지는 왜 부려, 조금만 참으면 되는 것을…." 이구동성으로 하는 소리를 귀담아들었으면 좋으련만 그런 상태에서도 목소리를 줄이지 않으니 문제가 되는 것일 게다.

세상은 그 필요에 따라 다 맞추고 살기 어려우므로 순리를 따르라고 한다. 나이가 많고 적고, 남자고 여자고, 지식이 많고 적고, 부유하고 가난하고를 떠나 어른을 섬기고 순리를 따르라는 것이 아니던가. 스승의 말씀이나, 아버지의 말씀이 다르지 않다고 생각하셨기에 그러한 설법을 하셨으리라.

꼬라지를 내지 않으려면 우선 마음 바탕이 선하고 좋아야 한다.

시기하고 원망하며, 이기적이고 폭력적이며, 참지 못하고 벌컥벌컥 화를 잘 내는 사람들은 남을 이해하고 포용할 줄 아는 수련을 쉬지 않고 해야 한다. 그래야 세상과 가까워지고 사람들과 융화될 수 있다는 말씀이 새롭게 다가왔다.

케렌시아

날이 따뜻하다. 미세먼지도 없이 공기도 맑았다. 야외로 나가고 싶은 충동이 일었지만, 딱히 갈 곳이 마땅치 않았다.

'그래. 운동 삼아 집에서 가까운 공원이라도 몇 바퀴 돌자. 잎이 무성한 나무가 내뿜는 신선한 공기로 자연의 에너지를 받아 정신적으로 무디어진 모자람을 채워보자. 그러면 답답한 숨통이 좀 트이지 않을까' 하는 심사가 한몫했다.

번민의 구름다리 건너듯 아파트 앞 횡단보도를 건너 공원에 다다르니 생각보다 사람도 적고 상큼한 녹음이 잘 왔노라고 반갑게 맞아주는 듯했다. 딱히 무엇을 얻고자 함은 아니었으나 나약해진 마음을 정화시켜 자신을 살피기에 이만한 곳도 드물지 싶었다.

공원을 여유롭게 돌다가 벤치에 앉았다. 매일 찾는 곳은 아니지만, 가끔 운동 삼아 공원을 걷기 시작한 지가 꽤 되었는데도 벤치에 앉는 건 처음이다. 벤치에 앉아 사색하다 보니 새 소리도 정겹게 들린다. 화사한 꽃이 지고 난 후 진녹색으로 변하는 나뭇잎의

싱그러움이 다르게 다가왔다. 꼭 나만을 위해, 내면을 살피라 만들어 놓은 공간 같은 기분이 들었다.

바람이 지나가는데 나무마다 흔들림이 달랐다. 소나무는 흔들림이 미미했고, 꽃이 진 벚나무나 매실나무의 흔들림은 바람이 지나가는구나 정도, 그중에서도 잎이 큰 플라타너스는 흔들림이 바람에 존재를 제법 인정하는 듯 몸짓이 크다.

그 흔들리는 나뭇가지 끝에서 묘기를 부리는 새들이 있어 무심코 쳐다보았는데 나무 끝과 끝을 연결해 거미가 꽤 큰 집을 지어 놓고는 한 중앙에서 먹이를 기다리고 있었다. 지은 지 얼마 안 되었음인지 정교하고 아름다웠다. 더구나 꼼짝하지 않는 거미의 자태가 수도하는 사람이 잡념을 버리기 위해 명상하는 모습으로 비춰지는 게 아닌가. 바람에 집이 흔들릴지언정 거미는 미동도 없었다.

거미에게 저곳은 어떤 공간일까. 사람들이 사는 집과 비교해 조금도 손색이 없을 듯했다. 천적들이 많아 얼마나 견디어 낼지는 모르지만, 공격을 받기 전까지는 그만의 공간이 되지 싶었다. 외로운 공간이지만 생명에 대한 신비를 느끼기에 충분했다.

자연은 어느 것과도 비교하지 않는다고 하지만 지금 벤치에 앉아 무뎌진 정신을 가다듬고자 사색하는 내 모습이 저 거미와 흡사하다는 감정이 일었다.

그 감정 속에 갑자기 얼마 전 법회 시간에 이도근 교무님께서 케렌시아란 말의 의미를 아느냐고 물으셨던 기억이 떠올랐다.

케렌시아? 처음 듣는 말이었다. 생소했다. 뭐지? 하는 의문만 일었다. 쾌도난마라 했던가. 명쾌하게 답을 했으면 좋으련만 모르는 것을 어찌 답할 수 있단 말인가. 아는 것이 힘이라 했거늘 모르니 숨죽이고 있을 수밖에 없었다.

대답이 없자 이번에는 힘들고 지쳤을 때 자신만이 쉴 수 있는 자신만의 공간이 있느냐고 질문을 던지셨다. 아! 그 의미인가?

모르면 배워야 한다는 명분이 고개를 내밀었다. 새로운 지식을 습득하는데 얼마나 좋은 기회인가. 모르는 것을 모른다고 하지 않고 아는 척하는 편견에 치우쳐 잘못된 판단을 한다면 그 행동에는 배움에 의지가 결여된 사람이다. 자신이 취한 행동이 부끄럽지 않아야 하고 진지하고 성실하게 배우고자 하는 마음이 중요하다. 하는 생각이 들자 자연 정신을 차려 귀를 기울이게 했다.

'케렌시아'의 사전적 의미는 에스파냐어로 투우장에서 경기하다가 잠시 쉬는 곳이라는 뜻으로 '안식처'를 뜻했다. 자신만이 조용히 쉴 수 있는 공간이 있느냐는 부연 설명을 듣고 순간 나름의 개념은 다르겠으나 나만의 공간을 소유하고 있음에 자긍심이 들었다.

그러니 두 질문의 답은 하나였다. 일상에서 심신의 피로를 풀 수 있는 '나만의 아지트, 아니 안식처'가 있느냐는 물음이었다.

그런데 하나의 질문에 대답하는 두 마음은 확실히 달랐다. 하나는 부끄러워 숨기는 마음이었고, 하나는 용감하게 드러내고자 하는 대답이었다. 이 두 마음은 어떻게 다른 것일까. 한 입속에서 무엇이 작용하여 두 마음을 만들어내는 것일까.

두 마음에 관한 생각이 시소를 하는데 벤치 앞으로 비둘기 한패가 몰려와 구구구 소리를 한다. 저들이 뭐라는 거야? 생각이 잠시 멈췄다. 그들 사이에 종달새와 비슷한 이름 모를 새와 방앗간 참새도 섞여 있었다. 앞에 사람이 있는 건 개의치 않고 뭔가 열심히 주워 먹는 것 같은데 뭘 주워 먹는 걸까. 살기 위함일 것이다. 삶은 먹지 않고는 살 수 없기에 생존을 위해 저들도 먹이를 찾아 부리를 움직이는데 정신이 팔려 옆에 있는 내 존재가 느껴지지 않은 듯했다. 그래! 그러면 나도 니들 존재를 무시하마. 그리고 생각을 이어나갔다.

두 마음 같은 한마음, 한 마음 같은 두 마음. 케렌시아는 스페인 투우장의 한 곳을 지칭하는데 왜? 라는 의문이 걸렸다. 육근동작을 하는 육체는 분명 쉬고 있지만 육근동작을 움직이게 하는 영적인 존재도 휴식하고 있을까?

내가 "예"라도 대답했던 공간은 노트북 하나에 차를 마실 수 있도록 커피포트와 몇 가지 국산차, 그리고 지인에게 선물 받은 찻잔, 많다면 많고 적다면 적은 책들이 항상 반겨주며 아내 외에는 누구도 기웃거리지 않는 곳이다.

손에 닿을 수 있는 책은 수시로 보는 책이다. 가끔 볼 필요가 있는 책은 눈에 잘 보이는 곳에 진열해 놓았다. 아직 펼쳐보지도 못한 책도 있고, 몇 페이지 보다가 여러 이유로 대기시켜 놓은 책들도 적지 않다. 이러한 공간이면 나만의 공간이라 생각되었는데 교무님 말씀을 깊이 생각해 보니 그것이 다가 아닌 듯했다.

나 아닌 또 다른 내가 쉴 수 있는 곳은 어디일까. 과연 있기나 한 것일까. 육체적으로 쉴 수 있는 공간과 정신적으로 쉴 수 있는 공간은 같을 수도 있으나 다름이 있었다. 영적으로 참 내가 있는 공간, 참 내가 머무를 수 있는 공간은 어디일까? 살아가면서 그 어느 것에도 구애받지 않고 그 어떤 것도 나를 괴롭게 할 수 없는 그 곳은 어디일까.

정신이 쉬는 세계, 마음이 쉬는 세계, 기쁨도 고통도 없는 세계, 어쩌면 이 세상 그 무엇도 나를 괴롭게 하지 못하는 허공과 같은 공간, 아니면 죽음과 같은 잠을 잘 수 있는 시간, 그곳이 자신만의 케렌시아가 아닐까? 내가 쉬는 공간과는 이해할 수 없는 부분이 분명 존재함에도 설명으로는 채워지지 않았다.

너무 비약했나?

그 자리는 찾는다고 찾아지는 자리가 아니다. 분별 주착심, 망념이 쉬는 자리, 시비 이해로 충돌하면서도 그 시비에 끌려다니지 않고 관조하는 자리. 아! 모르겠다. 머리를 흔들며 일어나니 새들도 덩달아 날아가 버린다. 자신들의 케렌시아를 찾아가는 것일까.

누적된 피로를 풀 수 있고 고단한 육체를 편안하게 쉴 수 있는 곳, 자기만의 시간을 보낼 수 있는 아늑한 공간, 그곳에서 거칠어진 마음이 정화되어 정신을 맑히고, 답답했던 마음이 위로를 받아 생각을 정리하고, 창의력을 키워 보다 나은 내일을 준비할 수 있는 공간이라면 교무님이 말씀하신 케렌시아, 즉 행복을 찾을 수 있는 보금자리 안식처가 되지 않을까.

각박한 현실을 탓하면 뭣하랴. 분망함 속에서도 잠시 짬을 내어 공원을 산책하다 벤치 하나 차지하고 그 공간을 향유할 수 있다면 그 또한 행복을 느낄 수 있는 나만의 낭만적인 케렌시아가 아닐까 싶다.

하고 싶은 대로 하세요

누군가가 나에게 하고 싶은 대로 하라고 한다면 무엇을 할까. 주제가 있으면 모를까, 너무 광범위한 주문이라 쉽게 답할 수가 없을 듯했다.

오래전 읽었던 한창욱 저 『오늘이 내 인생의 마지막 하루라면』 책 제목이 떠올랐다. 책을 읽으면서 나는 오늘이 마지막이라면 어떤 생각, 어떤 행동을 할까, 생각했던 적이 있었다. 그때와 의제는 다르더라도 답을 구하는 미묘한 상황은 비슷했다. 그때는 가상을 현실로 불러오지 못했었다.

김일상 종사님께서 베트남 호치민 교당 봉불식에 참석하여 설법하시는 것을 유튜브를 통해 시청했다. 베트남에서 설법하시는 것을 가만히 앉아 차분하게 들을 수 있다니 참으로 좋은 세상이다. 좋은 세상이라는 생각도 들었고 지구촌이 하나라는 것도 공감할 수 있었다.

김일상 종사님을 생각하면 항상 "사람은 꼴을 잘 볼 줄 알아야 한다. 미운 사람, 싫은 사람을 잘 보는 공부가 큰 공부다."라고 조언해주신 법문이 떠오른다.

그런데 이번에 베트남 호치민 교당 봉불식에 설법을 시작하기 전에 여과기를 거치지 않고 하신 말씀이 의미심장했다.

특별한 인연이어서일까, 풀어야 할 실타래가 굵어서일까, 아니면 예의범절 갖추려는 근원적인 물음이었을까. 봉불식을 주관하는 한진경 교무님에게 "시간은 얼마나 해야 해요?"라고 질문을 했는데 그 대답이 사람의 마음을 사로잡기에 충분했다.

"시간 구애받지 말고 하고 싶은 대로 하세요."라는 대답이 고정된 관념을 깨는 순간이었지 싶었다.

일반적으로 대부분 몇 분만 해주세요, 가능한 한 빨리 끝내 주세요, 길어도 몇 분을 넘지 않게 해 주세요 등등, 시간제한을 하는 것이 통례이거늘 하고 싶은 대로 하라는 것은 그만큼 믿음이 강했기 때문이라 여겨졌다. 그러했기에 종사님께서도 지금까지 이러한 자리에 여러 차례 서서 일원의 법음을 전하는 기회가 있었지만, 처음이라는 말을 강조하지 않았나 싶다.

국내도 아니고 국외에서 하고 싶은 말 마음대로 한다지만 우리말을 알아듣지 못하는 이들이 많거늘 그들에게는 동시통역을 하는 것도 아니고 부담이 되지 않았을까 하는, 희미하게나마 우려의 그림자가 서렸던 것도 사실이다.

하고 싶은 말 마음대로 할 테니 다리 아프면 발 뻗으시고, 영 아니다 싶으면 밖을 자유롭게 다녀와도 좋다며 느긋하게 들어달라

하셨다. 잘 들으라는 말씀을 비유적으로 하셨을 테지만 싫지 않았다. 얼마나 소중한 말씀을 많이 하시려는 것일까? 귀를 기울일 수밖에 없었다.

봉불식을 갖는 것은 행복한 인생을 가꾸기 위해서 필요한 복과 지혜를 갖추려고 첫발을 내딛는 것과 같다.

복과 지혜를 갖추어서 뭐 하자는 것인가. 행복하자는 것이다. 행복은 누가 만들어 주는 것이 아니다. 내가 만들어서 내 마음이 편안하고 자유롭게 하자는 것이다. 그러기 위해 일원의 진리를 믿고 깨달아서 부처가 되어야 한다. 그 의미가 이 봉불식에 담겨 있다.

봉불식에 참여한 여러분은 일원의 진리인 불생불멸과 인과보응의 이치를 공부하여 시불 되고 생불 되어 활불로 살아야겠다는 서원을 세워야 한다. 그 서원이 이루어지도록 제대로 된 종교를 믿고 신앙해야 한다.

종교(원불교)를 믿을 때와 믿지 않을 때가 분명 달라야 한다. 다시 말해 교당을 다니면서 나쁜 버릇이나 성격 등이 다니기 전과 달라져야 한다. 달라지는 것이 없다면 다닐 필요가 있겠는가. 모든 행동이 바르고 너그럽고 부지런해야 행복할 수 있다. 그러기 위해서는 법대로 살아야 한다.

법대로 살기 위한 인생의 과제 둘이 있는데 하나는 성불하자는 것이고 또 하나는 상생의 인연을 만나자는 것이다.

성불이란 인생을 어둡게 살지 않아야 한다. 즉 일과 이치를 벗어나지 않고 제대로 알고 살자는 것이다. 세상사가 일상에서 일을 처리할 때도 알고 하는 것과 모르고 하는 것은 천지 차이라 하지 않은가. 인연 또한 다르지 않을 것이다.

만나는 인연마다 상생의 인연으로 만들어 내가 행복하고, 상대가 행복하게 해주어야 한다. 상대를 행복하게 하려면 상대를 알아 상대가 원하는 것이 무엇인지 맞춰 주어야 한다. 그러기가 쉬운 일인가 쉽지 않기에 공부하자는 것일 게다. 제중과 교화는 만나는 인연 인연을 상생의 인연으로 돌려 인과의 이치를 심어 주는 것이다.

만고불변의 진리, 불생불멸과 인과보응을 상징하는 일원상을 모시는 것이 봉불이고, 또 믿고 깨닫고 실천하는 것이 제중이자 교화고, 일을 위해서는 내가 먼저 감사심으로 감사 생활을 하고 기질 변화를 해서 부처로 변해야 한다.

생각과 말만으로는 부족하다. 원불교를 만난 순간부터 달라져야 한다. 달라지지 않으면 부처 만나 교당에 다닌 보람이 없다.

함께 살려고 노력해야 한다. 좁쌀 같은 인생 혼자 잘 살려 하는 것은 어리석은 자이다.

종사님께서 생각하는 것은 한 분이라도 대종사님의 법음에 물들게 하고 싶은 뜻이 배어있었다. 한 분이라도 부처님의 길에 들어설 수 있도록 방향을 일러 주시며 즉 부처님의 법대로 살 수 있게 인도하여 정신의 의식주, 육신의 의식주를 충족시켜 복과 지혜를 두루 갖출 수 있는 불제자가 되도록 설해 주셨다.

설법을 들으면서 이신선지(以身先之)라는 말이 떠올랐다. 몸으로 먼저 실행하라, 내가 먼저 실천해서 변해야 한다. 공부하면서도 항상 생각하는 것이지만 내가 변해야 한다는 것을 알면서도 행동으로 실천하지 못해 목적을 이루지 못하는 경우가 있는데 설법을 들으면서 다시 한번 되새겨 보았다. 참으로 귀한 시간이었다.

그 일, 그 일에 충실하며 추구하고자 하는 뜻을 펼칠 수 있다면 그만한 보람도 없을 것이다. 그렇게 보람된 삶을 살 수 있다면 그는 선택받은 사람일 것이며, 그런 의미에서 오늘 설법을 들은 것은 큰 자양분이 될 것 같았다.

나는 지금까지 살아오면서 얼마나 믿고 살았는가. 스스로의 그릇을 채우기 위해 얼마나 노력을 했는가. 용도에 따라 쓰고 싶을 때 쓸 수 있는 것이 자신의 것일 게다. 있어도 쓸 줄 모르는 것을 어찌 자신의 것이라 할 수 있겠는가. 차가 있어도 운전할 줄 모른다면 차가 무슨 소용이 있겠는가. 그러한 우를 범하지 않기 위해 설법을 내 것으로 만들어야겠다.

다만 종사님의 의중을 내 마음대로 잘못 해석하지 않았을까? 염려하는 바가 없지 않지만, 그것도 그릇을 채우는 과정이라 생각하며 하고 싶은 대로 하더라도 안으로 살피고, 밖으로 살피며 살아야겠다고 다짐해 본다.

김정연 수필집

은혜로운 인생길